KB120259

당신은
성폭행범입니다

당신은 성범죄자입니다

오픈도어북스는 (주)하움출판사의 임프린트 브랜드입니다.

초판 1쇄 발행 2024년 04월 22일

지은이 ┃ 이범석

발행인 ┃ 문현광
책임 편집 ┃ 윤혜원
교정·교열 ┃ 신선미 주현강 이건민
디자인 ┃ 양보람
마케팅 ┃ 양하은 심리브가 박다솜
업무지원 ┃ 김혜지

펴낸곳 ┃ (주)하움출판사
본사 ┃ 전북 군산시 수송로315, 3층 하움출판사
지사 ┃ 광주광역시 북구 첨단연신로 261 (신용동) 광해빌딩 6층 601호, 602호
ISBN ┃ 979-11-6440-560-2(03810)
정가 ┃ 18,000원

오픈도어북스는 참신한 아이디어와 지혜를 세상에 전달하려고 합니다.
아이디어와 원고가 있으신 분은 연락처와 함께 open150@naver.com로 보내주세요.

저자 소개

이범석

1986년 1월 서울특별시 성동구 중곡동에서 태어났다. 초등학교 5학년 시절, 광주광역시로 이사한 이래로 현재까지 광주에 거주하고 있다. 어려운 가정 형편으로 19살이 되던 해 3월에 직업군인으로 입대, 4년 4개월 동안 복무한 뒤 중사 계급으로 전역하였다. 군 복무 중 전남과학대학교 자동차학과에 진학하여 주경야독으로 야간대학 과정을 졸업하였다.

억울한 피고인에서
희망의 증인으로

변호사로서 의뢰인을 대하는 일은 곧 그들을 관찰하고, 대화를 통해 신뢰를 쌓으며 진실로 향하는 여정이기도 하다. 지금까지 수없이 많은 의뢰인들을 대변해 왔으나, 그들의 말이 진실인가를 판단하는 일은 결코 단순한 일이 아니다.

《당신은 성폭행범입니다》의 저자 이범석 씨는 의뢰인이었던 시절과 마찬가지로 표지부터 문장까지 책 전체에 걸쳐 솔직하고 꾸밈없는 성격을 그 대로 드러낸다. 저자의 경험이 자연스레 녹아든 문장들을 눈으로 쫓다 보니 저자 대신 의뢰인이 되어 피고인석에 선 듯했다.

책에서는 증언만으로 한 사람이 겪을 수 있는 고통을 적나라하게 보여준다. 동시에 피해자 보호라는 명목 아래 수많은 법적 오류를 용인하는 사법체계의 그림자를 끄집어낸다. 저자는 4년의 시간을 거쳐 억울한 피고인에서 희망의 증인으로 승화한바, 저자의 책이 어떤 사연으로든 긴 터널을 헤메는 사람들이 의지할 수 있는 등불이 되어주기를 바란다.

니케 법률사무소 대표변호사 김민수

(1심 변호인)

추천사2

죄를 지었으니 경찰서를,
감옥을 갔겠지

"죄를 지었으니 경찰서를, 감옥을 갔겠지."

벌을 받는 이들을 향해 불특정 다수는 이렇게 말하지 않을까. 그러나 만사가 꼭 그렇지만은 않다. 《당신은 성폭행범입니다》의 저자 이범석 씨가 바로 그 사례이다.

책에서는 사람 좋아하는 한 평범한 남자가 한순간에 성범죄자로 몰려, 그 낙인을 지우고 억울함을 해명해가는 고단한 과정이 낱낱이 기록되어 있다. 그 지난했던 시간들을 떨어내고 의뢰인의 신분을 벗어나 사무실에 찾아온 그를 다시 마주하니 변호사가 되길 잘했다는, 변호사로서의 보람을 느낀다.

이 모든 일을 견뎌낸 그에게 위로와 응원을 보낸다.

법무법인 맥 상무분사무소 대표변호사 차현영
(2심 변호인)

차례

3장 _ 기나긴 싸움의 서막

4장 _ 보석 같았던 보석

5장 _ 반격의 서막

글을 닫으며

글을 열며

생각지도 못한 당신의 이야기

억울하게도 '강간범', '성폭행범'이라는 오명을 쓰고 복역해야만 했던 사람들의 이야기를 텔레비전으로 본 적이 있습니다. 그때까지만 해도 대수롭지 않게 '저런 일도 일어나는구나. 정말 많이 힘들고 억울했겠다.' 하며 저와는 머나먼 이야기라고 생각했습니다. 그게 곧 저에게 벌어질 이야기가 될 거라곤 생각도 못 한 채 말이지요.

저는 062로 시작하는 전화를 받기 전날까지만
해도 평범하게 주어진 삶을 살던 사회 구성원 중
하나였습니다. 그러나 수사와 기소를 거치고 구속
까지 당하고 나니 어느새 범죄자가 되어 있었습
니다. 그렇다고 수사와 기소가 공정하고 투명했느
냐? 그랬다면 제가 이렇게까지 억울하다고 목소리
를 내지 않았겠지요. 형사법에는 "무죄 추정의 원
칙[1]"이라는 대원칙이 있다고 합니다. 10명의 범죄
자를 놓치더라도 한 명의 억울한 피해자를 만들어
서는 안 된다는 것이지요. 이 대원칙을 철저하게
지켰다면 아마도 텔레비전에서 보았던 분들 혹은
저와 같은 피해자는 나오지 않았을 것입니다.

이 책을 쓰면서도 많은 고민으로 날을 지새우고
걱정해야만 했습니다. 법원에서 무죄를 선고받고,
억울한 구금 생활에 대해 형사보상금도 청구받았
지만, 꼬리표처럼 따라다니는 성폭행과 강간이라

---

1) 프랑스의 권리선언에서 비롯된 문구로, 피고인 또는 피의자가
유죄 판결이 확정될 때까지는 무죄로 간주해야 한다는 원칙

는 단어가 완전히 깨끗하게 지워지는 건 아니었습니다. 승소하여 무죄를 선고받으면 당연히 예전으로 돌아갈 거라 생각했던 지난날의 제가 순진하다 못해 바보 같았다는 생각이 들 정도로 말이지요.

언제는 한번 예전에 다니던 회사의 직장 동료(여성)와 제 친구(남성)의 만남을 주선한 적이 있었습니다. 그런데 소개팅에 다녀온 친구의 표정이 좋지 않더군요. 대화가 잘 안 됐나 보다 싶어서 경과를 묻자 엄청난 이야기를 전해 듣게 되었습니다. 두 사람 사이의 공통분모가 저였기에 분위기도 풀 겸 제 이야기를 꺼냈더니, 상대방의 표정이 대번에 어두워졌다는 겁니다. 그 사람은 아직도 제가 여성을 성폭행하고 카메라로 불법 촬영까지 한 줄로 알고 있었습니다. 친구는 소개팅하러 나가서 되려 제 변호를 하고 돌아와야만 했습니다. 법정구속이 되었다는 소식 하나가 사람들의 입에 오르락내리락하면서 눈덩이처럼 점점 커지고 있었던 것이지요. 저의 억울한 사연이 다른 사람들에게는 그저 심심풀이 안줏거리 정도로 치부되었을 생각에 너무나도 수치스러웠습니다. 그리고 언제까지 이렇게 살아야만 하는지 생각하자면 끝이 없을 것만 같아 고통스러웠습니다.

이 일을 겪은 후로 나 자신을 더욱 떳떳하게 알려야겠다는 결심을 세우게 되었습니다. 시간이 해결해주기를 기다리며 가만히 앉아 있으면 사람들은 영원히 저를 그런 사람으로 알고 살 테니까요. 저는 그 일을 겪기 전까지만 해도 퇴근하고 저녁으로 무엇을 먹을지 고민하는 평범한 사람이었고, 가끔은 부모님과 말싸움을 하지만 곁에 없으면 허전한 아들이었고, 같이 놀면 재미있는 가까운 친구이자 마음을 터놓을 수 있는 동료였습니다. 본래의 제 모습을 되찾고 싶었습니다. 그렇기에 비록 부족한 글솜씨나마 저의 이야기를 써 내려가기로 마음먹었습니다. 제가 텔레비전에서 억울하게 복역하신 분들의 이야기를 보며 대수롭지 않게 생각했던 것처럼, 여러분 또한 제 글을 읽으며 상관없는 일이라 넘기실 수 있겠지요. 하지만 이건 누구에게라도 일어날 수 있는 일입니다. 생각지도 못하게 나의 이야기가 될 수도 있습니다.

제 이야기 하나가 세상을 바꿀 수는 없겠지만, 몇 명의 마음이나 움직일지는 모르겠지만, 지금 할 수 있는 한 모든 것을 해보려고 합니다. 착하고 성실한 아들, 자랑스러운 친구, 믿음직스러운 동료로 돌아가기 위해서 오늘도 저를 억압하는 시선과 싸워나가고 있습니다. 그리고 앞으로도 기꺼이 저를 가로막는 오명에 지지 않고 맞설 예정입니다.

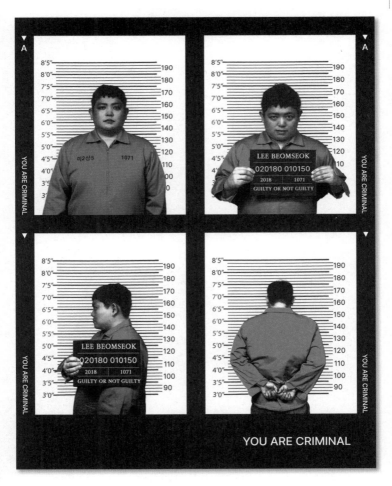

YOU ARE CRIMINAL

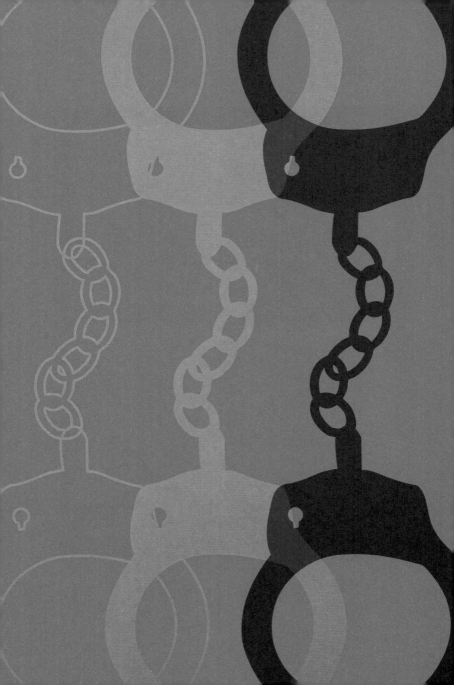

1장

—

제가
강간범이라니요?

불행은 언제나
예고 없이 찾아온다

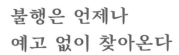

2018년 토요일 아침, 그날은 정말로 아무 일도 일어날 것 같지 않았던 아주 평범한 날이었다. 마음에 맞는 사람들과 신나게 술을 마시며 소위 '불금'을 보낸 다음 날이기도 했다. 아침 일찍부터 단잠을 방해하는 핸드폰이 시끄럽게 울려대기 시작했다. 그때도 지금처럼 보이스피싱 사기가 성행하고 쓸데없는 광고 전화가 막무가내로 오던 시기였기에, 시끄러운 핸드폰을 뒤집으며 다시 베개에 얼굴을 묻었다. 그러나 한번 오고 말 줄 알았던 전화는 내가 받을 때까지 포기하지 않겠다는 듯 연이어 걸려왔다. 황금 같은 주말 아침을 망치려 드는 사람이 누구인지 궁금해서 전화를 받자, 아니나 다를까 보이스피싱 사기꾼이 황당한 소리를 해댔다.

"이범석 씨, 맞으시죠? 광주서부경찰서 여성청소년계입니다. 고소장이 접수되어서 경찰 조사를 받으셔야 합니다."

난 수화기 너머로 들리는 목소리를 들으며 속으로 '잘못한 게 없는데 대체 무슨 조사를 받으라는 거야?'라고 비아냥거리고 있었다. 그때까지만 해도 나는 이 전화가 정말로 보이스피싱범이 하는 말인 줄로만 알았다. 그래서 그들을 약간 골려줄 생각으로 고소장 내용이나 한번 들어보자고 했다. 그러자 A라는 사람이 약 3년 8개월 전에 성폭행을 당했다고 소장을 접수했다는 거다. 아무리 생각해도 3년 8개월 전에 일어난 일을 제대로 기억할 수 없었다. 게다가 전날 과음하고 이제 막 일어난 상태에서는 더더욱.

통화 상대방은 고소인의 이름을 밝혔고 다음 주 중에 언제쯤 조사를 받으러 올 수 있는지 물었다. 순간, 이 사람이 하는 말이 단순히 사기를 위해서 하는 소리가 아니라 진짜일지도 모른다는 불안감이 엄습했다. 왜냐면 고소인은 일면식도 없는 생면부지가 아니라 평소에 알고 지내던 여성이었기 때문이다. 당시에는 아직 술도 덜 깬 상태고 성폭행이라는 단어가 상당히 당황스러웠기에 다시 연락드리겠다며 전화를 끊었다. 자리에서 일어나 세수하며 이게 무슨 상황인지 곰곰이 생각해봤지만, 아무리 생각해도 고소인과 나는 성관계는커녕 불쾌감을 느낄 만한 신체 접촉조차 한 적이 없었다. 게다가 A 씨가 정말로 그런 불쾌감을 느꼈다면 당시에 고소하는 게 맞는데, 왜 3년 8개월이나 지난 지금에서야 소장을 접수했는지도 의문이었다.

나는 친한 친구와 선후배 몇 명에게 이 사태에 대한 의견을 묻고자 전화를 돌렸다. 그러자 다들 하나 같이 하는 말이 요새 미투 운동(Me Too

Movement)이 사회적으로 이슈라는 것이다. 물론 집에서 라디오처럼 텔레비전을 켜놓고 있으니 뉴스를 통해 들어본 적은 있었다. 당시만 해도 미투 운동의 대상은 거의 유명한 연예인이나 저명한 정치인, 작가 등이었기에 피고의 유명세가 파급력을 넓히는 데 한몫했다고 생각하였다. 그래서 유명인도 아니고 부유하지도 않은, 지극히 평범한 일반인 남성이 겪을 만한 사안이라고는 생각하지 못했기에 더 크게 당황했던 것 같다.

어쨌든 소장이 접수되었으니 경찰서로 조사받으러 가야 하는 신분이 되고 말았다. 자고 일어나니 순식간에 달라진 이 상황이 어이가 없으면서도 미투 운동이라는 분위기에 휩쓸려서 억울하게 누명을 쓰지는 않을까 하는 걱정이 들기 시작했다. 텔레비전에서는 여전히 유명 연예인, 유력한 차기 대선 후보 등 많은 사람이 고발되어 연일 매스컴에 오르내리는 중이었다. 그게 마치 남의 일 같지 않고 내 일만 같았기에 안 그래도 불안한 마음을 더욱 흔들고도 남았다.

경찰서에서 조사받을 때 제대로 답변하기 위해
서는 그날에 무슨 일이 있었는지 정리해놓아야 할
것 같았다. 컴퓨터 앞에 앉아서 그날 있었던 일을
시간순대로 차근차근 적어보았지만, 아무리 생각
해도 A 씨와 나는 성관계 자체를 가진 적이 없었
다. 그럼 대체 어떤 연유로 나를 고소한 걸까?

무심코 했던 행동이
화살이 되어 돌아온 순간

3년 8개월 전, A 씨와 나는 광주에서 번화하기로 유명한 상무지구에서 술자리를 가졌다. 다음날 출근해야 했기에 나는 이쯤에서 서로 헤어지는 게 좋겠다고 했으나, A 씨는 조금만 더 같이 술을 마시자고 조르며 내 팔을 잡아당겼다. 서로 실랑이를 벌이던 도중에 팔을 뿌리치면서 A 씨가 균형을 잃게 되었고, 넘어지지 않기 위해 황급하게 잡은 것

이 하필이면 인근 공사 현장의 철조망이었다. 물론
그곳에 철조망이 있으리라고는 상상도 못 했고, 더
군다나 A 씨의 손바닥에서 피가 꽤 많이 났기에 더
당황스러웠다.

　인근 편의점으로 달려가 생수와 휴지, 붕대 같
은 것들을 사서 응급처치를 했으나 A 씨의 상처는
생각보다 깊었다. 이유야 어쨌든 내가 팔을 뿌리
치는 바람에 일어난 일이니 책임은 져야 했다. 나
는 A 씨와 함께 근처에 있는 병원의 응급실로 향했
다. 의료진은 현재 응급실에 전문의가 없어서 기본
적인 응급처치만 가능하다고 했다. 그러니 날이 밝
으면 진료 시간에 다시 와서 전문의에게 진료를 받
아보는 게 좋겠다고. 어쨌든 당장은 상처가 깊으니
급한 대로 응급처치를 먼저 해달라고 했다.

　A 씨와 나는 서로 사는 동네가 달랐다. 당시가
새벽이었기에 오전 9시까지는 7시간도 채 남지 않
았던 걸로 기억한다. 이대로 헤어졌다가 몇 시간
지나지 않아서 또 병원에서 만나는 것 자체가 번거
로웠다. 그래서 나는 A 씨에게 병원 옆에 있는 호

텔에서 잠시 쉬었다가 날이 밝으면 함께 병원에 가는 게 어떻냐 제안했다. 그렇게 나와 A 씨는 L 호텔에 머물게 되었다.

방에서 아무 일 없이 휴식을 취하고, 다음날 8시 30분쯤 나와서 전날에 갔던 병원에 접수를 마치고 대기했다. 치료를 받고 나서 입원해야 한다는 말에 보험 관련 사실관계까지 물어봤던 기억도 난다. 당시 A 씨는 어머니가 보험을 관리하고 있어서 잘 모른다며 어머니께 전화를 걸었다. A 씨의 어머니는 이야기를 전해 들은 후에 직접 병원에 찾아오셨고, 당시에 내가 본의 아니게 따님을 다치게 해서 죄송하다고 사과도 했다. A 씨의 어머니는 웃으며 일부러 다치게 한 것도 아닐 텐데 괜찮다고 앞으로도 친하게 잘 지내라고 말씀해주셨고, 일은 그렇게 일단락되는 듯했다.

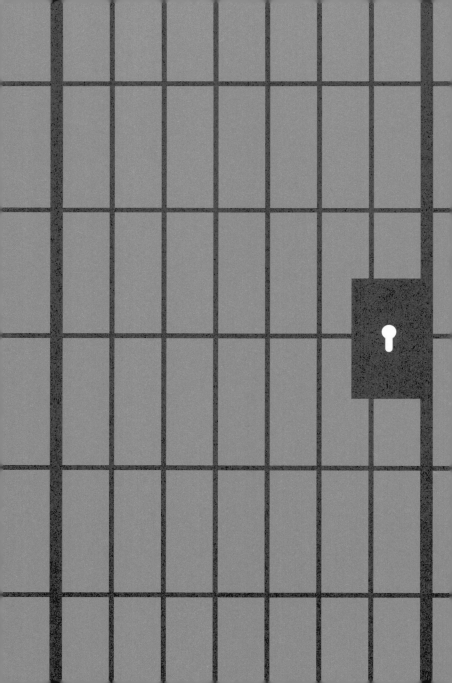

2장

범인이 아니라면,
증명하세요

경찰 조사

광주서부경찰서 여성청소년계에 연락해서 조사
일자와 시간을 잡고 나니 괜히 불안하고 짜증도 났
다. 이상한 일에 휘말려서 쓸데없이 시간을 할애해
야 했고, 경찰서가 보통 사람이 가는 곳도 아니었
기에 괜한 오해를 사는 것이 아닌가 싶어서 감정
소모도 극에 달했다. 게다가 3년 넘도록 연락 한번
없던 A 씨는 소장을 접수한 이후에 자꾸만 이상한

메시지를 보내기 시작했다. 더럽다는 둥, 지금이라 도 스스로 인정하면 용서해줄 의향이 있다는 둥 말 도 안 되는 내용이 대부분이었다.

실제로 내가 하지도 않은 일에 대응할 필요성을 느끼지도 못했고, 너무나도 당당하기까지 한 A 씨 의 태도에 기가 막혔다. 그래서 나도 가만히 앉아 서 당하고만 있지는 않을 거니까 무고죄 받을 각오 를 하라며 짧게 한마디 하고 말았다. 그러자 A 씨 는 나를 흥분시켜서 없는 증거라도 만들려는 듯 갑 자기 입에도 담기 힘든 욕을 퍼부으며 사과를 종용 하기 시작했다. 처음에는 괘씸하고 뻔뻔하다고 생 각했지만, 오히려 이렇게 나오니 안쓰럽고 애잔한 마음으로 바뀌었다. 그렇기에 더욱 거짓으로 점철 된 A 씨의 고소를 이겨내고 정의가 살아있다는 것 을 보여주리라 다짐했다.

계속해서 A 씨에게 오는 연락에 시달리며 지금 까지 겪은 사실 그대로를 종이에 적어서 경찰 소 환에 응했다. 상황을 유리하게 만들기 위해 과장을 보태지도 않았고, 나에게 불리하다고 생각해서 무엇을 덜어내지도 않았다. 그저 있는 사실 그대로 대답했다고 장담할 수 있다. 흔히 드라마나 영화를 보면 형사나 검사가 용의자를 심문할 때 윽박지르며 협박하는 장면이 나오는데, 실제 조사에서 그런 것은 전혀 없었다. 그저 내가 적어온 입장문을 읽고, 의심되는 부분이나 논리적으로 맞지 않은 부분을 짚어 질문하고, 그것에 대답하는 과정이 있을 뿐이었다. 그게 2시간 정도 이어졌다.

보통 성폭행 사건은 "성관계가 합의로 이루어졌느냐?"가 통상적인 요지다. 그러나 나는 그저 외래 진료가 시작하는 9시까지 시간을 때울 목적으로 호텔에 갔던 것이기에 "성폭행 자체가 성립되지 않는다."라는 취지로 진술하였다. 나중에 변호사님을 통해서 안 사실이지만, 이렇게 당당하게 성폭행 자체가 성립되지 않는다고 주장하는 것은 상당히 위험하고 대범한 답변이라고 한다. 고소인이 여성의 학과를 갔던 기록 등을 증거로 제출하면 판결의 추가 피해자 쪽으로 확연하게 기울기 때문이다. 그런데도 당당하게 있는 그대로 성관계를 한 적 없다고 주장한 것은 정말로 나의 떳떳함을 내보이고 싶었기 때문이었다.

당신의 말은 거짓입니다
(거짓말 탐지기)

경찰관은 조사가 끝나갈 때쯤 거짓말 탐지기 조사에 응하겠냐며 의사를 물었다. 정확도는 약 95%이며, 어디까지나 본인의 선택이기에 원하지 않으면 강제할 수는 없다고 했다. 나는 경찰관에게 A 씨도 거짓말 탐지기 조사를 받느냐고 물었고, A 씨도 그렇게 하기로 했다는 답변을 들었다. A 씨와 내가 똑같은 조사를 받는다면 오히려 숨을 필요가 없었다. 난 추호도 두려운 것이 없었고 거짓말도 한 적이 없으므로 당연히 거짓말 탐지기 조사에 응하겠다고 대답했다.

물론 실제로 검사장에 가기까지 고민했던 것도 사실이다. 변호사 사무실에서 사무장으로 일하는 친구에게 거짓말 탐지기에 관해 물었는데, 해당 조사는 생각보다 신중하게 결정해야 하는 문제였다. 참이라는 반응이 나온대도 재판에서 증거로 채택해주는 것도 아니고, 행여 거짓 판정이 나오기라도 한다면 경찰에서 심리적으로 용의자를 압박하려는 의도로 사용할 수 있으니 되도록 피하는 게 좋다는 것이다. 그러나 아무리 생각해봐도 당시에는 A 씨도 거짓말 탐지기 조사를 받는데, 용의선상에 오른 내가 조사를 피하면 괜히 의심만 사는 게 아닌가 싶었다. 여기서 잠시 거짓말 탐지기에 대해 자세히 알아보자.

흔히 옛말에 "거짓말을 하면 침이 마른다."라는 표현이 있는데, 이렇게 거짓말을 했을 때 나타나는 생리적인 반응을 탐지하는 것이 거짓말 탐지기 검사다. Polygraph(거짓말 탐지기)라는 명칭은 그리스어인 'poly(다수의)'와 'grapho(기록하다)'에서 따왔다. 이는 거짓말에 따르는 신체적인 행동과 기타 다양한 양상을 잉크펜이 그려내는 차트나 컴퓨터 영상을 통해 그대로 묘사한다. 가장 흔하게 측정되는 신체는 손바닥의 땀, 혈압 그리고 호흡이다. 흔히 사용하지는 않지만, 좀 더 과학적으로 진행하기 위해 뇌 전자파의 활동을 감지하기도 한다.

거짓말 탐지기는 신체 여러 부위에 부착된 감지기로부터 받은 신호를 증폭하여 기록함으로써 작은 신체 반응의 변화도 알도록 해준다. 대개는 신체에 4개의 센서를 부착한다. 공기가 찬 튜브는 대상자의 흉부와 복부를 둘러싸 호흡의 깊이와 속도의 변화를 측정하고, 이두박근에 부착된 혈압계가 혈압의 변화를 측정하며, 손가락에 부착된 전극(metal electrodes)을 통하여 손바닥에 땀이 얼마나 나는지 알아내는 것이다.

거짓말 탐지기는 이처럼 피검사자의 생리적인 움직임과 그 변화를 측정한다. 그리고 흔히 생리적인 움직임의 변화는 '자극'을 받아 이루어진다. 거짓말을 하는 사람은 진실을 말하는 사람보다 말할 때 더 흥분하고 자극을 느낀다고 간주한다. 그것은 죄책감을 느끼기 때문일 수도 있고, 거짓말 탐지기가 거짓말을 탐지할 것이라는 두려움 때문일 수도 있다. […]

거짓말 탐지기는 사실 거짓말을 탐지해내는 것은 아니며 거짓말을 할 때 나오는 자극을 탐지하는 것이다. 그 자극을 시각화한 그래프나 차트를 보고 검사관이 분석·판독을 함으로써 거짓말을 했는지 아니면 진실을 말했는지 구분하는 응용심리학의 한 분야이다. 그러나 이런 방식으로 거짓말을 알아내는 것은 잘못된 결정에 이를 수 있다는 결론에 이를 수 있다. 거짓말을 하는 사람이 덜 흥분하고, 진실을 말하는 사람이 더 흥분할 수도 있기 때문이다.

예컨대, 어떤 사람이 여러 정황과 증거가 자신에게 불리하게 작용하는 와중에 사형 선고에 앞서 자신의 결백을 입증하기 위하여 거짓말 탐지기 검사를 신청했다고 가정해보자. 그 검사를 통과해야만 자신의 결백이 증명되는 중대한 기로에서 검사하는 동안 던져지는 결정적인 질문에 냉정함을 잃지 않고 태연할 수 있는 사람이 과연 얼마나 될지 의문스럽다. 그가 진범이든 결백한 사람이든 마찬가지일 것이다[2].

특히나 1979년에 있었던 "백화양조 여고생 살인 사건"에서 거짓말 탐지기는 신뢰도를 의심받게 되었다. 경찰이 피의자로부터 허위 반응을 받아내서 살인 혐의로 기소하였으나, 대법원에서 거짓말 탐지기 결과의 정확성을 담보할 수 없다며 증거로 인정하지 않은 것이다. 아마도 신체의 반응은 외부 환경이나 개인의 성향으로 등으로 급변할 여지가 다분하기에 일괄적이지 않다고 판단한 게 아닌가 싶다. 객관적인 것 같으면서도 그렇지 못한 거짓말 탐지기의 결과로 죄의 유무를 가린다면, 무고한 사람이라도 유죄 판결을 받을 수 있고 그 반대가 될 수도 있을 테니 말이다.

---

[2] 천대영, 거짓말 탐지기 검사의 작동 원리에 대한 이해, 경찰학 연구지, 2002, 154~156p

결론적으로 나는 죄를 짓지 않았다는 당당함이 있었기에 친구의 조언을 듣지 않고 거짓말 탐지기 조사에 응하겠다고 했다. 편안한 의자에 앉아서 심리를 파악하는 장치를 착용하고 검사관의 질문에 따라서 예 혹은 아니오로 대답만 하면 되는 간단한 방식이었다. 나는 평소같은 마음가짐으로 조사에 응했다.

검사가 끝나고 절친인 K에게 조사가 끝났다고 전화했더니, 평소에 내가 좋아하던 족발과 칼국수를 사주면서 고생했다고 격려했다. 그리고 함께 밥을 먹으며 K에게 거짓말 탐지기 까짓것 별것 없더라며 사실대로 잘 나올 것 같다고 담담하게 말했다. 정말 바보같이 그럴 줄 알고서.

검사가 이래도 되나요?
(검찰 조사)

거짓말 탐지기조사를 마치고 며칠이 지난 후, 경
찰서에서 다시 연락이 왔다. 이번에는 폭행치상과
관련하여 조사해야 한다고 말이다. 폭행을 행사한
적이 없는데 대체 무슨 소리냐 물었더니, 고소인이
나로 인해 상해를 입었다며 폭행치상으로 소장을
접수했다는 것이다. 그 말을 듣자마자 팔을 뿌리치
다가 A 씨가 손바닥을 다쳤던 장면이 머릿속을 스

치고 지나갔다. '에이, 설마 그거 가지고 폭행을 당했다고 소장을 접수했겠어.' 그래도 그때까지는 고소인의 양심을 믿고 싶었던 것 같다. 그렇기에 경찰서로 다시 조사를 받으러 갔고, 모든 걸 있는 그대로 말했다. 약 30분 정도 조사가 이루어졌고, 나중에 진술에 미흡한 부분이 있다거나 궁금한 게 있으면 다시 연락하겠다며 간단하게 마무리되었다.

그렇게 한 달 정도 지나고 나니, 광주지방검찰청의 수사관이 검찰 조사에 출두하라는 연락을 전해왔다. 검찰 조사라고 해서 경찰 조사와 특별히 다를 건 없다고 생각했지만, 지인 중 몇몇은 변호사를 고용해서 함께 들어가야 한다고 조언했다. 그러나 그건 정말 잘못한 사람들이 손바닥으로 하늘을 가려보려는 발악이지, 나처럼 억울하게 없는 죄를 뒤집어쓴 사람이 대응하는 방식은 아니라고 생각했다. 물론, 이 또한 내가 법을 잘 모르는 사람이었고, 비용에 대한 부담도 있었고, 결정적으로 바보같이 법률가의 양심과 의협심을 믿었기 때문이기도 했다. 검사와 형사는 이 분야의 전문가이기에 증거와 정황을 바탕으로 '이 사람은 죄가 없는데 용의자로 몰렸구나.' 하고 억울함을 풀어주리라 생각했다.

조사를 위해 검찰청에 들어가자 가장 먼저 신원을 확인했다. ○호 검사실로 조사받으러 왔다고 말하니 신분증을 검찰청 출입증과 맞바꾸며 어느 방향으로 가면 되는지 친절하게 설명해줬다. 모든 게 다 처음이라서 긴장됐지만, 이것만 지나면 내 누명이 풀릴 거라는 생각에 희망적인 설렘 같은 들뜸도 느꼈던 것 같다.

"안녕하세요, 이범석입니다."

가볍게 인사하며 검사실에 들어가자 담당 검사는 자신의 맞은편을 가리키며 앉으라고 했다. 그러고는 백과사전처럼 두꺼운 수사 기록을 보며 날카로운 질문들을 날렸다. "고소인은 어쩌다가 손을 다쳤습니까?", "고소인이 손을 다친 후에 어떻게 대응하셨죠?", "손을 다쳤는데 왜 호텔에 가서 숙박한 거죠?", "고소인에게 성폭행한 사실이 있습니까?",

"고소인과 어떻게 알게 된 사이입니까?", "왜 그 사건 후에 연락이 끊겼죠?" 등등… 마치 내가 성폭행을 저질렀다는 것을 확신하고 기정사실로 만들어 범죄자를 심문하듯이 조사했다. 내가 대답하는 것에 말장난하듯이 말꼬리를 잡으며 압박하기도 했다.

하지만 내가 할 수 있는 거라곤 정말 그날 있었던 일을 사실대로 대답하는 것밖에 없었다. 있는 그대로의 사실을 듣기 위해서 나를 검찰청까지 소환한 게 아니던가. 그러나 검사는 답답하다는 듯, 어떻게 남녀가 같은 호텔 방을 썼는데 아무런 일도 없을 수가 있느냐는 식으로 몰아붙이기 시작했다. 검사는 어제 고소인을 만났는데 상당히 예쁘고 매력 있었다고 먼저 운을 뗐다. 그런 여자와 한 방에 있는데도 아무 생각을 안 하는 게 상식적으로 이해되지 않는다는 것이다.

아무리 검사라도 함부로 상대를 조롱하는 조사 방식이 이해되지 않았다. 게다가 검사는 거짓말 탐지기 조사 결과를 내밀며 거짓 반응이 나왔다고 심리적으로 압박하기 시작했다. 더불어 A 씨는 거짓말 탐지기 조사를 받겠다고 해놓고서는 말을 번복하여 조사를 거부한 상태였다. 결국, 나만 혼자서 바보같이 아무것도 모르고 거짓말 탐지기 조사를 받았던 것이다. 당시에는 거짓말 탐지기의 결과가 외부 환경에 따라 얼마든지 변할 수 있다는 걸 몰랐기에 거짓 반응이 나왔다는 말에 심리적으로 동요가 심했다. 그러나 이미 결과는 나온 상태이고 나의 무고함도 변함이 없기에, 추호도 그런 짓은 한 적이 없다고 적극적으로 억울함을 토로했다. 그러나 검사는 되려 그런 내 모습을 지켜보며 다시 한번 협박에 가까운 조언을 시작했다.

"이범석 씨, 제가 법률 전문가로서 한 가지 말씀 드릴게요. 이거 법원에서 실형 선고받으면 3년 이상의 징역이에요. 지금까지 제가 충고를 무시했던 사람들 전부 다 하나 같이 검사님 말 들을 걸 그랬다고 많이들 후회했습니다."

검사의 말은 한마디로 이제라도 늦지 않았으니

공소사실을 전부 인정하고 A 씨와 합의하라는 것이었다. 대체 애당초 하지도 않은 일인데 어떻게 합의를 볼 수 있단 말인가. 게다가 검사가 심문한 것 중에는 사실이 아닌 점도 더러 있었다. A 씨는 검사에게 성폭행을 당한 후에 내 번호를 차단하고 연락조차 하지 않았다고 진술했는데 그건 사실이 아니었다. 그 후로도 계속 연락했고, 몇 번 더 만나서 술을 마신 적도 있었다. 검찰 조사 전에 카드를 사용한 내역, 지인들과 나눴던 통화와 메시지 내역까지 확인도 한 상태였다. 검사에게 이 자료들도 조서에 추가해달라고 했더니 그는 "내가 이범석 씨 변호인입니까? 그건 이범석 씨 변호인에게 말해서 알아서 하세요."라며 조사는 끝났으니 이만 돌아가라고 했다.

검사실에서 나오자마자 검사의 말투와 행동으로 인해 기분이 상당히 좋지 않았다. 난 그래도 끝까지 예의를 지키기 위해서 허리를 숙이며 수고하셨다고 인사까지 했으나, 그는 인사를 받는 둥 마는 둥 쳐다보지도 않았다. 게다가 없는 일을 있는 것처럼 지어내기 위해서 유도적으로 심문하는 과정을 겪어보니, 살면서 이런 수치스러움을 다시 겪을 수 있을까 싶었다. 그러나 제일 견딜 수 없는 것은 상대가 내 목덜미를 쥐고 있는 수사 검사이기에 행동거지를 함부로 할 수 없다는 사실이었다. 행여나 실수하거나 잘못하면 기소라도 할까 설설 기듯 조심해야 한다는 것, 그게 마치 정말 내가 죄인이 된 것만 같아서 비참했다.

　검찰청 건물에서 나오자마자 절친인 K, H, S에게 조사받으면서 있었던 일을 모두 털어놓았다. 변호사 사무실에서 사무장으로 일하는 S는 그 내용을 모두 듣고서는 아마 검사가 기소하려는 모양이라고 했다. 집에 도착한 뒤에 컴퓨터로 오늘 있었던 일을 대략이나마 요약하려는데, '핸드폰으로 음성녹음이라도 해둘걸.' 하는 아쉬움이 들었다. 죄가 없다고 생각해도 만일을 위해서 모든 것을 다 증거로 남기는 게 억울한 사람이 할 수 있는 최선이니 말이다. 법적으로 공방을 벌이다 보면 사람을 믿지 못하는 의심병이 도진다는 말이 정말 사실이라는 걸 십분 느끼던 날이었다. 확실한 증거가 아니라면 그 무엇도 인정하지 않는 '법리주의'가 어떻게 보면 공정하고 객관적이기도 하지만, 반대로 생각하면 증거가 없이는 그 무엇도 믿어주지 않는 비정한 제도이기도 했다. 법은 법전 속에 나열된 조항을 잘 이용하는 영악한 사람에게만 친절하다는 게 맞는 말 같았다.

3장

기나긴 싸움의 서막

첫 번째 재판
(1심 1차 공판)

검찰 조사를 받은 뒤 얼마 지나지 않아서, 친구 S
의 예상대로 조사를 담당했던 검사는 나를 성폭행
혐의로 기소했다. 당연하게도 나는 법에 대한 지식
이 전무했기에 변호인 없이 혼자서 재판장에 서는
것은 무리였다. 게다가 당시 연이어 이어지는 미투
운동 소식에 여론은 더욱 나빠져만 갔다. 재판부는
유력한 차기 대권 후보인 모 도지사의 원심을 뒤집

고 2심에서 3년 6개월이라는 실형을 선고했다.

특히 "피해자의 진술이 대체로 일치하고 공소 사실에 부합할 경우, 신빙성이 없다고 볼 만한 자료가 없으면 함부로 배척해서는 안 된다."라고 피해자의 관점을 강조했다. 특히 성폭력 사건을 심리하는 경우에는 피해자가 처한 상황이나 심리적인 상태, 피고인 관계 등 종합적인 상황과 맥락을 고려해 파악하는 "성인지 감수성(性認知 感受性, Gender Sensitivity)[3]"을 가져야 한다고 판시한 취지를 따랐다. 해당 결과를 뉴스로 접하며 이럴수록 시류가 나에게 불리하게 흘러가는 것은 아닌지 걱

---

3) 성별 간 불균형에 대한 이해와 지식을 갖추어 일상생활에서 성차별적 요소를 감지해내는 민감성을 말한다. 1995년 중국 베이징에서 열린 제4차 유엔 여성대회에서 사용된 후 국제적으로 통용되기 시작했다. 국내에서는 2000년대 초반부터 정책 입안이나 공공예산 편성 기준 등으로 활용됐다. 성인지 감수성이라는 말이 우리의 관심을 끄는 것은 이것이 단순히 시사적 용어로 쓰이거나 학문적 영역에서 사용되는 데 그치지 않고 최근의 잇따른 성폭행, 성추행, 성희롱 재판에서 주로 여성 피해자 진술의 신빙성을 판단하는 기준으로 작용하고 있기 때문이다[출처: 법률저널(http://www.lec.co.kr)].

정되기도 했다.

우선은 친구 S의 도움을 받아서 열정과 성의가 있는 수변호사님을 선임할 수 있었다. 변호사님은 바쁜 재판 일정에도 사건을 면밀하게 검토하셨고, 서울에서 광주까지 수시로 오가며 최대한 내 이야기를 많이 들어주시려 노력했다. 조언에 따라서 검찰 조사 이후에 만난 지인에게 사실확인서를 받는 등 여러 가지 몰랐던 것들까지 세심하고 꼼꼼하게 챙겨주시어 정말 감사했다.

첫 번째 재판은 공소장에 적힌 내용의 진위를 가리고 국민참여재판으로 돌리지 말지에 대한 의사를 물으며 끝났다. 다음 재판은 부장판사까지 총 3명의 판사가 참여하는 합의부의 사건으로 배정되었다. 막상 피고석에 앉으니 진짜 죄인이 된 것만 같아서, 재판 내내 눈가에 눈물이 맺혀 여간 곤란한 게 아니었다. 수변호사님은 친구 S의 이야기를 듣고 특별히 내 사건에 더 관심을 두셨고, 안타까운 내 처지를 잘 헤아려주셨다. 매번 만날 때마다

진실은 반드시 밝혀질 테니, 당사자인 내가 의지와
힘을 잃지 않아야 한다며 지친 심신을 많이 달래주
셨던 기억이 난다.

　다음 재판 기일에는 이제 원고와 피고의 증인심
문 등이 남아있었다. 주변 지인과 수변호사님의 응
원을 받아 진실은 반드시 밝혀질 거란 자신감만 있
을 뿐, 별다른 두려움이나 걱정은 없었다. 경찰이
나 검찰 같은 수사기관과는 달리, 법원은 중립을
잘 지키면서 객관적으로 판단해주리라 굳게 믿었
다. 그리고 나를 고소한 A 씨가 자신이 지어낸 거
짓말로 어디까지 갈 수 있을지도 지켜보고 싶었다.
사람이 아무리 뻔뻔하다고 해도 거짓말로 시작된
이야기가 얼마나 자연스레 이어지겠나 싶었다. A
씨의 진술에 분명히 빈틈은 있을 것이고 앞뒤가 다
를 게 분명했다. 재판장에서 A 씨가 했던 말이 모
두 거짓이라는 게 밝혀지면 얼마나 통쾌할지 기대
하며 다음 재판 기일을 기다렸다.

4명의 증인
(1심 2차 공판)

나는 3명의 증인을 법정에 세웠다. 이날 A 씨도 증인석에서 증인 선서를 하고 위증했을 시에는 어떠한 처벌이라도 받겠다고 선서까지 했다.

첫 번째 증인은 평소에 알고 지내던 K 형님으로, A 씨(이하 원고)와 함께 두 번 정도 만난 적이 있었다. 사건 전에 원고의 친동생과 술을 마셨으며, 사건이 있던 당일에도 우리와 함께 술자리를 가졌다.

원고는 K 씨가 누군지 아느냐 묻는 말에 기억이
나지 않는다고 대답했다. 그러나 K 형님은 원고가
술자리에서 자신의 친동생이 ○○대학교 △△학
과에 재학 중이라고 말했던 것을 기억하고 있었다.
또한, 사건이 있던 날 자신의 사촌동생도 술자리에
데려온 기억이 나서 확인까지 마치고 왔다고 했다.
그러자 원고는 갑자기 말을 바꿔서 그날 K 씨를 본
기억이 난다고 진술했다.

물론 원고가 K 형님을 제대로 기억하지 못한다
는 것은 재판의 주요 쟁점이 아니었기에 커다란 효
력은 없었다. 그런데도 굳이 K 형님을 증인으로 세
운 것은 원고의 진술에 일관성과 신빙성이 없다는
것을 강조하고, 믿을 만한 사람이 아니라는 이미지
를 심기 위함이었다.

두 번째 증인은 L 형님이었다. L 형님은 원고와
두 번 정도 만났으며 사건 전에 술자리를 한 번 가
졌다. 그리고 원고가 성폭행을 당했다고 주장하는
사건 당일로부터 두 달이 지난 후에도 함께 술자리

를 가진 적이 있는 주요 증인이었다. L 형님은 사건 전에도 원고로부터 명함을 받아서 스튜어디스 학원 부원장이라는 사실을 알고 있었으며, 외모가 출중해서 누군지 기억하고 있다고 진술했다. 그러나 원고는 이번에도 역시 L 형님이 누군지 전혀 모르며 만난 기억조차도 없다고 발뺌했다.

"성폭행 사건 이후, 2015년 5월 20일경 ○○동에서 이범석과 술자리를 가진 적이 있습니까? 그날 술자리 도중에 전화가 와서 아는 여동생과 합석하여 술도 마시고 노래방에 간 사실이 있습니까?"

위의 질문에 원고는 전혀 그런 사실이 없다고 대답했다. 자기를 성폭행한 남성과 어떻게 함께 술을 마실 수 있냐며 질문에 드러난 이야기를 강하게 부인할 뿐이었다. 그 당시 L 형님이 술값을 계산했기에 해당 카드 내역까지 증거로 보여줬지만, 그마저도 완강하게 모르는 체했다.

세 번째 증인은 Y 군이었다. Y 군은 오늘 증인 중에 가장 핵심이 되는 인물이었다. 병원에 입원해 있는 줄로만 알았던 원고는 어느 날 갑자기 나에게 전화를 걸어왔다. 술이 마시고 싶은데 택시비조차도 없다는 것이다. 당시에는 '뜬금없이 전화해서 술타령하는 것을 보니 퇴원했나 보다.' 하고 짐작했을 뿐이었다. 의도한 바는 아니나 어쨌든 나로 인해 병원 신세까지 진 게 미안해서, 택시비를 내줄 테니 월산동에 있는 G 군의 오겹살 집으로 오라고 했다. 그리하여 그날 가게에는 나, 원고, Y 군, M 군, G 군이 한자리에 모였다.

평상시에도 술만 만시면 절제를 할 줄 모르던 원고는 그날도 술을 더 먹겠다며 2차를 제안했다. 모두 곤란해했으나 원고는 자기가 국밥을 사겠다며 술자리를 계속 이어가려고 했다. 나는 원고와 실랑이를 벌이다가 손을 다치게 했던 일도 있었고, 다음 날에 서울로 출장도 가야 했기에 여기서 빠지겠다며 먼저 귀가했다. 그 후에 원고는 Y 군에게 술을 더 먹자고 하다가 결국, Y 군의 집에서 잠까지

자게 되었다고 들었다. 난 그 사실을 떠올리자마자
친구인 G 군을 통해서 Y 군을 설득했다. 한 사람의
인생이 달린 일이니 법정에 나와서 그날 있었던 일
을 사실대로만 진술해달라고.

 Y 군을 대면한 원고는 재판 내내 그러했듯 일관
되게 증인석에 올라온 사람 모두를 모르는 체했다.
그러나 증인석에서 나온 진술로 인해 원고가 Y 군
의 집에서 숙박까지 했다는 사실이 밝혀지자, 이후
의 질문에서 왠지 모르게 묘한 표정을 짓기 시작했
다. 그리고는 그런 적이 없다, 기억이 나질 않는다
는 등 모르쇠로 일관했다. 당시 원고의 대답을 들
을 때마다 판사의 표정에 아이러니함이 드러났다
(어디까지나 나의 자의적인 해석인 줄로만 알았지
만, 나중에 재판이 끝나고 나서 다른 증인과 참관
인들도 판사들이 원고의 증언을 들을 때마다 표정
이 묘했다고 했다).

 이 상황을 파악한 수변호사님은 판사에게 양해
를 구하고 밖에 있던 G 군을 추가 증인으로 요청하
였다. G 군은 증인 선서를 한 이후에 증인석에 앉

아서 여러 가지 증언을 하였다. 검사는 가장 먼저 Y 군이 증언했던 일이 성폭행 이후라는 것은 어떻게 증명할 수 있냐고 물었다. G 군은 피고(나)에게 얘기를 들어서 원고가 손바닥을 다쳤다는 것을 알았고, 원고가 그날 손에 붕대를 묶고 왔으니 최소한 병원에서 치료는 받고 온 이후가 아닌가 짐작했다고 대답했다. 또한, 그날 원고가 Y 군에게 술을 더 먹자고 보채서 본인도 2차로 국밥집에 함께 갔으며, 원고가 Y 군의 집에서 숙박한 사실은 다음날 집에 잘 들어갔냐고 전화를 하면서 알게 되었다고 했다.

이 모든 과정을 피고인석에서 듣고 있자니 모든 진실이 나를 향해 손을 흔들어주는 것만 같았다. '아, 드디어 내 억울한 누명이 풀리겠구나.' 그때까지만 해도 그렇게 쉽게만 생각했다.

믿을 수 없는 결과
(1심 판결)

2019년 8월 30일은 1심 재판 선고 기일이었고 그전에 검사의 구형이 예정되어 있었다. 변호사님은 아마 검사가 그날 3년 정도 구형할 건데 크게 신경 쓸 필요는 없다고 하셨다. 물론 검사는 변호사님의 예상대로 징역 3년을 구형했다. 미리 구형에 대해 여러 이야기를 전해 들었으나, 사람인지라 심장이 두근거리며 엄습해오는 불안감에는 장사가 없었다. 실제로 당시에는 법정 싸움까지 불사해야만 하는 현실에 정서적 불안감을 느껴서 정상적인 생활 자체가 어려울 정도로 마음이 무너진 상태였다. 당연하게도 징역 3년을 구형받은 후에 일상 생활로 돌아가는 것은 불가능에 가까웠다. 나는 해야 할 일도 제대로 못 하고 끙끙 앓으며 징역살이에 대한 걱정으로 하루를 채우고는 했다.

'정말 만에 하나라도 잘못돼서 징역이 선고되면 어쩌지? 짓지도 않은 죄로 징역살이까지 하면 억울해서 어떻게 살지? 에이, 설마 증인을 4명이나 세워서 내 말이 맞는다는 걸 증명했는데 이대로 날 감옥에 보내겠어?'

끊임없이 이어지는 생각에 하루에도 열두 번씩 마음이 뒤바뀌는 걸 경험했다. 어떤 때는 희망을 생각하다가도, 또 어떤 때는 최악을 생각하며 나락으로 떨어지는 내 모습을 상상했다. K는 그럴 때마다 항상 나를 밖으로 불러내서 함께 밥을 먹고 카페에서 이런저런 이야기를 들어주며, 무더운 날씨에 함께 산책도 해준 고마운 친구다.

"야, 그냥 전문가들이 알아서 하라고 믿어보자. 판사들이 바보냐? 네가 소환한 증인 얘기를 다 듣고서도 그 사람 손을 들어주게. 그 여자는 말도 계속 바꾸고 자기가 한 말도 제대로 기억 못 했잖아. 그냥 기다리자. 무죄 판결받고 빨리 털어버리자고."

K는 항상 이렇게 나를 위로해주고는 했다. 선고기일 바로 전날에는 K, Y, J와 함께 곱창전골에 소주를 한잔하며 흔들리는 마음을 애서 다잡고는 했다. 고맙게도 J는 나에게 먼저 자기 집에서 함께 자자고 손을 내밀었고, 다음 날 법원에도 함께 가겠다고 해줬다. 그러나 아무리 눈을 감고 잠들어보려고 해도 속 편하게 잠들 수만은 없었다. 그동안 공권력 앞에서 한없이 작아지던 경험밖에 없었기에, 또 어떤 예상치 못한 상황이 나를 덫에 빠뜨릴까 불안한 나날을 보냈다.

친구 J는 그 정신으로 어떻게 운전해서 법원까지 가겠냐며, 내 차를 손수 운전하여 데려다주었다. 차창 너머로 연달아 지나가는 나무를 보자, 문득 어쩌다가 여기까지 오게 되었는지 그동안의 일이 필름 감기는 것처럼 스쳐 지나갔다. 분명히 그저 아는 사람들과 술을 마시며 즐겁게 시간을 보냈을 뿐인데, 다음날 출근하기 위해서 집에 가야 한다고 했을 뿐인데, 오늘날의 나는 성범죄자가 되어 법원의 판결을 받아야 하는 처지가 되었다. 과거로 돌아간다면 내가 바꿀 수 있는 일이 있을까 고뇌했지만, 사실 내가 잘못한 게 없으니 바꿀 것도 없었다. 만일, 시간을 되돌릴 수 있다면 내일 출근해야 한다는 핑계로 술자리에 나서지 않는 것만이 내가 고를 수 있는 선택지가 아니었을까. 그 정도로 내가 무엇을 잘못했는지 이해할 수 없었고 좀체 억울한 마음을 잠재울 수 없었다.

법원에는 다른 친구들이 미리 도착해서 나를 기다리고 있었다. 무죄 판결로 내 억울함이 풀리고 나면, 함께 그간의 노고를 위로하고 털어내려는 모양이었다. 친구들은 마지막으로 앞으로 좋은 일만 있을 테니 너무 걱정하지 말라며 응원의 목소리를 보냈다. 재판정에 들어서서 피고석에 앉아 다시 한 번 두 손을 모은 채 기도했다. 종교는 없지만, 이 순간만큼은 어느 종교의 신이든 나의 간절한 부탁을 들어줬으면 했다.

"피고인 이범석, 사건번호 고합○○의 판결을 시작하겠습니다. […] 주문, 피고인 이범석에게 징역 2년 6개월을 처한다. 그리고 사회봉사 ○○시간과 성교육 이수 ○○시간을 명령한다[…]."

나는 순간 내 귀가 잘못된 줄로만 알았다. 아니, 판사가 실수로 다른 재판의 판결문을 잘못 들고 온 것이 아닌가 했다. 주변에서 예상했던 것과는 정반대였다. 이날 판사가 읊은 판결문에는 내가 증인으로 세웠던 사람들의 증언은 단 하나도 반영되지 않았다. 오로지 원고가 진술한 내용만 인정해준 것이다. 충격에서 벗어날 수가 없었다. 나는 증인을 4명이나 세우면서 객관적인 정황과 증거를 제시했다. 그건 누가 봐도 부정할 수 없는 사실이었다. 어째서 일관성 없는 원고의 말만 인정된 것인지 이유를 알 수가 없었다. 재판장은 판결문을 모두 읊고 나서 나에게 하고 싶은 말이 있으면 하라고 했다.

"판사님, 정말 억울합니다. 어떻게 이런 결과가
나올 수 있습니까!"

하고 싶은 말이 있으면 하라고 했던 재판장은 내
가 하는 말 따위는 들리지도 않는다는 듯 무시하였
다. 난 피고석에서 우뚝 선 채 굳고 말았다. 이 현
실을 믿을 수가 없어서 멍하니 재판장과 방청석에
있는 친구들을 번갈아 보기만 했다. 친구들은 하나
같이 고개를 숙이며 절망에 빠진 표정을 짓고 있었
다. 그 누구도 이런 결과를 예상하지 못했을 테니
말이다. 오늘 아침까지만 해도 법률 전문가를 믿어
보자며, 퇴정하고 무엇을 할지 함께 고민했기에 더
큰 충격으로 다가왔을 것이다.

교도관은 내가 피고석에서 움직일 생각이 없
어 보이자 다가와서 양팔을 부여잡고 재판정 밖으
로 끌고 나갔다. 그곳에는 한 번에 4명 정도가 앉
을 수 있는 기다란 의자가 있었다. 교도관은 의자
에 앉은 사람들에게 검은 봉지를 건네며 가지고 온
소지품을 담으라고 했다. 소지품을 담아 건네자 그

들은 손에 수갑을 채웠고, 고무밴드같이 탄성 있는 기다란 끈으로 팔꿈치나 손, 어깨 등을 구속했다. 팔목에 차가운 쇳덩어리가 닿으니 무언가 단단히 잘못되고 있다는 생각이 머릿속을 떠나지 않았다. 밖에서 친구들과 승소를 기념하고 마음고생을 덜 줄 알았는데, 마치 누군가 깊게 파놓은 함정에 걸려 떨어진 것 같았다. 아니, 그것도 모자라서 발버둥 쳐봤자 혼자서는 벗어날 수 없는 늪에 빠진 기분이었다.

빼앗긴 자유와 시간
(교도소 생활)

재판정 밖에서 수갑을 차고 대기하던 사람들은 3명씩 줄줄이 소시지처럼 포승줄에 묶여서 지하로 향했다. 지하 벙커처럼 긴 통로를 걸어 계단을 오르니 드라마나 영화에서만 보았던 호송 차량이 나타났다. 하나하나 차례로 계단을 내디디며 차량에 오르는데 어쩐지 발걸음이 떨어지질 않았다. 앞 사람을 따라서 발을 옮기며 호송 차량에 가까워질수록 입이 바짝바짝 타들어가고 있었다.

차량에 탄 후에 온몸이 꽁꽁 묶인 상태로 안전벨트를 차려니 영 불편하기도 했고, 손이 내 마음대로 움직이지 않았다. 차량 가운데로 난 복도를 반복해서 오가는 교도관을 보며 초조함을 느꼈기에 더 손이 굳은 것 같기도 하다. 20여 분, 차로 이동하는 동안 머릿속에는 온갖 생각이 굴러다녔다. '앞으로 2년 6개월을 어떻게 버티지?', '차라리 혀를 깨물고 죽을까?', '다른 사람들이 정말 나를 성폭행범으로 생각하면 어쩌지?' 아무리 참으려고 해도 눈물이 흘러나와 고개를 숙일 수밖에 없었다. 21세기에 누명을 쓰고 교도소에 가는 일이 어디 흔하던가.

교정 시설에 도착하자 버스에서 내려 곧바로 대기소로 향했다. 의자에 앉아서 호명되기를 기다려야 했고, 이름이 불리면 한 명씩 자리에서 일어나 연락처를 적었다. 무슨 연락처를 왜 적나 싶었는데, 교도소에 들어왔다는 소식을 전할 가족이나 친지의 연락처를 적는 것이었다. 그 후에는 이곳에서 입고 지낼 수용복과 고무신 등 기본적인 물품을 받았다. 입소 직전에 온몸을 뒤지며 혹여나 이상한 물건은 없는지 신체검사(일명 항문 검사)를 받았고, 이상 없이 통과하면 그때 수용복으로 갈아입고 본격적으로 입소하는 식이었다. 마침 입소하던 때가 점심시간이어서 교도관이 밥을 먹을 사람은 식당으로 가라고 했는데, 착잡한 심정으로 어디 밥이 들어가겠나 싶었다. 하지만, 교정 시설을 여러 번 드나든 적이 있는지 그 와중에도 여유롭게 밥을 먹으러 가는 사람이 몇몇 있긴 했다.

　밥 생각이 없는 사람들은 교도관의 뒤를 따랐다. 긴 복도와 철문 몇 개를 스쳐 지나자, 그들은 줄지어 있는 사람들에게 한 명씩 들어가라고 했다. 고시원처럼 한 층에 여러 개의 방이 있었는데, 일명 독방이라고 부르는 곳이었다. 사회에 있다가 이제 막 들어왔으니 신체적으로 이상이 없는지 점검하는 과정이었다. 당분간은 독방에서 지내며 피검사를 통해 전염병 인자나 특이한 질환 혹은 주요한 지병이 있는지 검사받아야 했고, 별다른 이상이 없을 시에만 혼합방으로 갈 수 있었다. 혼합방이란, 우리가 으레 교도소 하면 떠올리는 풍경을 가진 다인원 수용소다.

독방은 사람 하나가 간신히 누울 수 있었다. 그 좁은 곳에 간이 화장실과 수도꼭지까지 있으니 누운 채로는 자유로이 움직이기가 힘들었다. 벽면 높은 곳에는 선풍기 하나가 덜렁 자리했다. 독방에 들어가자마자 '덜컹' 하고 철문이 잠겼다. 그 소리가 어찌나 크게 들리던지, 마치 여기서 절대 나갈 수 없으니 허튼 생각일랑 꿈에도 하지 말라고 경고하는 것만 같았다. '이런 곳에서 2년 6개월 동안 지내야 한다고?' 기나긴 악몽의 초입에 이제 겨우 한 발을 들였다고 생각하자니 내게 놓인 앞날은 절망 그 자체였다. 입소하기 전까지만 해도 정의가 살아 있다고 믿었건만, 내가 생각한 결과와는 너무나도 멀리 와버린 현실을 믿기 어려웠다. 세상이 나에게 몰래카메라라도 하는 것은 아닌지 혼란스러웠고,

수단과 방법을 가리지 않고서라도 가족과 친구의 곁으로 가고 싶었다. 당시에는 그저 여기서 나가고 싶다는 생각만 머릿속에 가득했다.

머릿속에는 자꾸만 내 주변 사람들의 얼굴이 맴돌고만 있었다. 허탈함, 절망감, 두려움… 그 외에도 수없이 복잡하게 얽힌 감정이 내 두 다리를 주저앉혔다. 나는 등을 차가운 콘크리트에 기댄 채 두 손으로 머리칼을 쥐어뜯으며 괴로워했다. '정말 이렇게 강간범이 되어야만 하는 건가.', '교도소에서 죄수 취급을 받으면서 살아야 하나.', '지금이 몇 시인지조차 제대로 알 수 없는 이곳에서 어떻게 버티지.' 만일 신이 있다면, 왜 나에게 이런 시련을 주느냐 묻고 싶었다.

한 줄기 빛 같았던 접견

이러니저러니 해도 결국 사람은 적응의 동물이라고 했던가. 나는 창밖의 해를 보며 시간을 짐작하는 삶에 익숙해지고 있었다. 부산스러운 소리에 깨면 아침이겠거니, 점심을 먹을 때 철창 사이로 중천에 뜬 해를 보면 곧 오후가 되겠거니, 서산으로 넘어가며 제 최후를 빨갛게 태우는 해를 보면 곧 밤이 찾아오겠거니 하며 지낼 뿐이었다. 평소에는 몰랐지만, 해는 생각보다 다양한 얼굴을 가지고 있었다. 온화하게 웃으며 온 세상을 비추기도 했고, 잔뜩 흥분해서 화를 내며 따뜻하다 못해 뜨거운 기운을 쏟아낼 때도 있었으며, 때로는 비구름 뒤에 희미하게 숨어 모습을 숨기는 날도 있었다. 아마도 내가 보았던 해의 얼굴이 곧 내 마음 상태가 아니었을까 생각한다. 인간은 사물에 자신의 감정을 곧잘 투영하니 말이다.

이날은 건물에 있는 철창이 일제히 동시다발로 열려서 재소자 모두가 놀랐다. 교도관은 어리둥절해서 우물쭈물하는 죄수들에게 검사를 받는 날이니 줄을 서서 질서 있게 의무과로 가라고 말했다. 의무과에서는 피를 뽑고, 혈압과 키, 몸무게를 재며 기초적인 신체검사를 했다. 나름대로 수용자들을 체계적으로 관리하는 곳이라는 생각이 들 때쯤, 교도관은 나에게 접견 신청이 들어왔으니 서두르라고 전했다. 접견을 신청한 사람이 누군지 알려줄 수 있느냐 물으니 아까 재판장에서 함께 판결을 들던 친구들이었다.

서둘러 신체검사를 마치고 교도관을 따라 미로 같은 복도를 걷기 시작했다. 접견장에 도착하니 먼저 대기하고 있는 수용자들이 눈에 들어왔다. 대략 20명 정도 되어 보였는데 아마도 그보다 더 많았을 것이리라 짐작한다. 그들은 서로 이미 구면인지 오며 가며 조용조용 대화를 주고받고는 했다. 마치 카페에 앉아서 한산하게 얘기하는 것처럼 말이다. 교도관은 화면에 죄수 번호와 함께 몇 번 접견실로 가면 되는지 안내가 뜰 테니 그대로 들어가면 된다는 말을 남긴 후 어디론가 사라졌다.

많은 인파 속에 섞여서 내 순서를 멍하니 기다리다 보니 어느새 화면에는 내 죄수 번호와 접견실 번호가 떠올랐다. 죄수 번호 자체가 익숙지 않아서 유심히 지켜보지 않았다면 그대로 순서를 지나칠 뻔했다. 접견 시간은 약 10분 남짓이었다. 하지만, 당시의 난 길고 짧고를 따질 겨를도 없었다. 투명한 아크릴판 너머로 보이는 친구들의 얼굴을 보자마자 눈물이 흘렀다. 억울함 때문이었을까 아니면 안도감을 느껴서였을까. 정확하게 이유는 알 수 없었지만, 서로를 마주 보던 우리는 그저 말없이 소리도 내지 못하고 한동안 울기만 했다. 친구들은 애써 눈물을 닦으며 나를 응원하기도 하고 달래기도 했다.

"범석아, 힘내라. 이상한 생각은 절대로 하면 안 돼. 금방 나올 거니까 밥 잘 챙겨 먹고, 바깥 일이랑 변호사님이 필요하다는 건 우리가 다 대신해줄 테니까 억울하고 분해도 꼭 버텨."

살면서 10분이 이렇게나 짧은 줄은 처음 알았다. 이제 좀 얼굴을 보고 대화할 만하니 마이크는 꺼져버렸고, 교도관은 시간이 다 됐다며 들어와야 한다고 했다. 친구들은 뒤도는 나를 향해서 끝까지 커다란 목소리로 꼭 잘 버티라는 말만 반복할 뿐이었다. 4년이나 지나 이 글을 쓰는 지금도 그 광경만 생각하면 미간이 뜨거워지는 것을 느낀다. 억울하게 6개월 정도 복역하는 동안, 가족이나 친구들에게 편지가 들어오면 다 읽고 나서 종이를 손에 쥔 채 한동안 쉴 새 없이 울었던 기억이 떠오른다. 접견할 때도 마찬가지였다. 아마도 평생 흘릴 눈물을 그때 다 흘린 것이 아닐까 싶을 정도로.

독방으로 돌아오자마자 다시 지독한 현실이 피부에 닿았다. '아, 또 혼자 남아버렸구나. 아무리 억울하다고 외쳐본들 그 누구도 믿어주지 않는 곳으로 돌아왔구나.' 독방을 환하게 밝히던 불빛은 취침 점호에 맞춰서 아주 약하게 변했다. 마치 희망에 가득 차서 환하게 웃던 내가 절망에 빠져서 색을 잃어버린 것처럼. 차라리 아주 어둡기라도 했으면 금방 잠들어서 모든 근심과 걱정을 잠시나마 잊었을 텐데. 애매하고도 미약하게 방 안을 비추는 불빛이 유난히 원망스러운 날이었다.

금요일에 입소해서인지 건강검진 결과가 늦게 나온 편이었다. 나는 그다음 주 수요일에 별다른 이상이 없다는 게 확인되자마자 혼합방으로 배정되었다. 그나마 다행인 건 주말을 제외한 평일에 친구와 지인들이 꾸준히 접견하러 와서 격려와 위로를 해줬다는 것이다. 모두 낯선 교도소에서 행여나 잘못된 생각을 하지는 않을까 걱정했던 모양이다. 만나는 사람마다 심성이 약한 네가 거기서 잘 버틸 수 있으려나 걱정이라며 입을 모아 이야기한 걸 보면, 내가 참 바보같이 여린 사람이긴 한 모양이었다. 잠깐이지만 접견을 위해 복도로 나서는 것만으로도 살 것 같은 느낌을 받았다. 아주 좁은 개집에만 갇혀 있다가 자유로운 밖으로 나오는 심정은 겪어보지 않으면 절대 알 수 없다. 난 어째서 반려견들이 산책하러 가자고 하면 그렇게 좋아하는지, 보호자가 나가주지 않으면 왜 그렇게나 밖으로 나가자고 짖어대는지 그 심정을 조금이나마 이해할 것도 같았다.

수많은 접견이 있었지만, 그중에서도 가장 반가운 것은 변호사 접견이었다. 안에 갇혀있어서 바깥에서 일이 어떻게 진행되는지 알기 어려웠기 때문이다. 1심 변호를 맡은 수변호사님은 내가 생각한 변호사의 이미지와는 확연히 다른 분이었다. 수변호사님은 금요일에 내가 법정구속됐다는 소식을 듣고 월요일이 되자마자 서울에서 광주까지 한달음에 내려오셨다. 나는 죄수복을 입은 채 변호사님을 접견하는 일이 있으리라곤 생각도 하지 못했다. 아마, 그건 변호사님도 마찬가지였을 것이다. 내가 말한 진실을 믿고 계셨기에 법정구속까지는 더더욱 예상하지 못하신 모양이었다.

변호사님의 얼굴을 마주하자마자 눈물이 왈칵 쏟아져 나왔다. 수변호사님은 눈시울을 붉히며 판결문을 읽어보니 황당하다고 말씀하셨다. 예상대로 재판부는 우리가 제시한 것은 그 무엇도 받아주지 않았고, 왔다 갔다 하면서 객관성이라곤 눈곱만큼도 찾아볼 수 없는 원고의 말만 인정했다. 수변호사님은 아무래도 항소심에서 다시 제대로 다투어봐야 할 것 같다고 하셨다. 그러나 마음속 어딘가에서는 두려움이 피어올랐다. 1심을 대충 준비한 것도 아니었고 할 수 있는 한 모든 걸 다 끌어모았다고 생각했다. 그런데도 실형을 받았는데 과연 항소한다고 해서 달라지는 게 있을까 하는 근원적인 의문이 든 것이다. 게다가 당시에는 독방에 갇

혀 며칠 내내 마음고생을 했기에 이성적으로 판단
하기가 어려웠던 것 같다.

나는 변호사님의 손을 꼭 붙잡고 지금 당장 여기
서 가장 빨리 나갈 방법을 알려달라고 했다. 변호
사님은 "합의"라는 단어를 꺼내셨다. 원고와 합의
를 본 뒤에 보석을 신청해서 최대한 집행유예 쪽을
노리는 것이 현실적으로 가장 빠른 방법이라고 했
다. 그러나 그 방법에는 치명적인 문제가 있었다.
바로, 내가 없는 죄를 범했다고 인정해야만 하는
것이었다. 합의한다고 해서 무조건 집행유예 판결
이 나오는 것도 아니었다. 감형 정도로 끝나서 계
속 징역을 살아야 할 수도 있고, 보석 신청이 반드
시 인용될 거란 보장도 없었다.

합의라는 단어를 듣자 시끄러운 속이 꽉 조여 답
답해지는 것을 느꼈다. 지옥 같은 감옥에서 나와
사회로 돌아가는 것과 끝까지 싸워서 무죄를 받
아내는 것, 둘 중에 무엇이 나에게 더 필요하고 중
요한지 선택할 수 없었다. 인간답게 살기 위해서
는 그 무엇도 놓쳐서는 안 됐으니 말이다. 지금까

지 계속해서 억울함을 호소했는데, 교도소에서 나가기 위해 갑자기 범죄를 인정하다니 말도 안 되는 일이었다.

결국, 그날에는 무엇도 결정하지 못했다. 확실하게 할 수 있는 것은 주변 이야기만 빙빙 돌려가며 마음을 진정시키는 것밖엔 없었다. 변호사 접견을 마무리하고 돌아가는 길에도 여전히 마음속에는 '여기서 빨리 나가고 싶다.'라는 생각뿐이었다. 이곳에서 나가고 싶으나 딱히 뚜렷한 방법은 없는 답답한 상황만 나날이 반복되고 있었다. 심신은 차라리 죽음을 선택하는 게 나을까 싶을 정도로 나약해져 있었다. 원래의 나였다면 그래도 우선 살아서 무엇이든 해보자고 낙관했겠지만, 긍정적인 생각이라곤 조금도 할 수 없었다. 감옥은 그 정도로 무서운 곳이었다.

절망 속에서도 피어나는 감사

　　신체검사 결과를 받고 혼합방으로 이동하기 전
에 교도관은 재소자에게 개인 소지품을 나눠주었
다. 배정받은 곳으로 향하자 4평 남짓한 곳에 9명
이 함께 지냈고, 투명한 아크릴판으로 만들어져 안
이 훤히 들여다보이는 화장실도 있었다. 들어가자
마자 서로 나이는 몇 살이고, 이름은 무엇이고, 무
슨 죄로 들어왔는지 간략하게 자기소개를 하며 인

사했다. 한 방에 정원은 9명인데 그중 1명의 형이 확정되어 이감될 예정이라고 했다. 아마 나는 결원을 채우기 위해 이 방에 들어온 모양이었다.

생활하다 보니 알게 된 거지만, 영치금은 교도소에서 상당히 중요했다. 물론 사회에서도 재산을 얼마나 가지고 있느냐가 중요하긴 하지만, 이곳은 개념이 조금 달랐다. 교도소에서는 같은 방을 쓰는 재소자끼리 영치금을 걷어서 간식이나 음료수, 생필품 등을 공동구매하여 사용한다. 그런데 누군가가 영치금을 너무 조금 가지고 있거나 아예 없다면 나머지 재소자가 더 많은 영치금을 부담해야 하는 구조였다. 같은 재소자 사이에서도 영치금의 차이가 존재했다. 보통 초범 앞으로는 대부분 영치금이 넉넉하게 들어왔지만, 여러 번 범죄를 저지른 사람들 앞으로는 영치금이 아예 없을 때도 있다고 한다. 아마도 처음에는 다른 사람처럼 가족과 친지들이 챙겨줬지만, 재차 범죄를 여러 번 저지르면서 실망감을 안겨 그런 것이 아닐까 싶다.

그때를 상기해보자면 나는 옥살이를 하며 주변 사람들의 도움을 참 많이 받았다. 고맙게도 하루가 멀다고 접견이 잡혀 있었고, 재소자 앞으로 들어온 편지를 나눠줄 때도 내 몫이 가장 많았다. 접견하러 온 사람들이 항상 영치금이 떨어지지 않도록 신경 써주기도 했다. 당시에는 극심한 스트레스로 인해 이가 3개나 빠진 상태였는데, 접견에서 만나는 사람마다 혹시 교도소에서 구타라도 당하는 거 아니냐고 걱정하고는 했다. 당연히 재소자나 교도관과 주먹이 오간 적은 없었고, 그저 스트레스로 인해 잇몸이 약해져서 보철을 제대로 지지하지 못해 생긴 일이었다.

같은 방을 쓰는 재소자들은 그런 나를 보며 참 부러워했다. 가족은 그렇다 치는데 친구나 회사 동료들은 교도소에 찾아오는 걸 좀 꺼리지 않냐고, 아무래도 사회에서 주변 사람들에게 잘했던 모양이라고 칭찬 아닌 칭찬도 많이 들었다. 그러고 보면 내가 인생을 잘못 살아온 것은 아니구나 되돌아보는 시간이 되기도 했다. 성범죄자라는 죄를 뒤집어쓰고 감방에 들어왔지만, 주변의 그 누구도 내가 정말로 그런 짓을 했으리라고는 생각하지 않았다.

하루에 1번 서신이 들어오는 때면 자리에 앉아서 편지를 읽으며 소리도 못 내고 울고는 했다. 나를 생각하고 믿어주는 사람들이 이렇게나 많았나 싶고, 그런 내가 왜 이런 곳에 있어야만 하나 싶은 마음에 울컥했다. 같은 방을 쓰는 재소자들은 허구한 날 눈물 바람으로 지내는 내 모습에 '저 사람 왜 저러나.' 하며 이상한 시선으로 바라보았을 것이다. 그러나 내가 너무 억울해하고 지인들을 그리워하는 걸 안 뒤에는 오히려 곁에서 다독이며 달래주고는 했다. 그제야 나는 겨우 마음을 붙이고 이곳도 사람이 사는 곳이라는 걸 깨달았다.

친구들은 매일 시간을 내서 접견을 왔다. 아무리 같은 광주 지역에 있다고는 해도 절대 쉬운 일이 아니라는 건 누구보다 잘 알고 있다. 만일, 주변에 누군가가 나와 같은 일을 겪는다면 지금 이 친구들처럼 똑같이 잘할 수 있을까? 상상만 했는데도 솔직히 자신은 없다. 그만큼 어려운 시기를 함께한 사람들에 대한 고마움은 절대로 잊을 수도 없고, 잊어서도 안 되는 것 같다.

평소처럼 이런저런 이야기를 시시콜콜하게 나누다가 문득, 지난번에 변호사 접견에서 나왔던 "합의"에 대한 이야기가 나왔다. 교도소에 있는 나 대신 친구들이 원고 측 국선변호사와 대화를 나눈 모양이었다. 그쪽에서는 원고에게 합의에 대한 의사를 물어볼 수 있지만, 혐의를 인정하는 게 먼저라는 조건을 걸었다. 예상대로 나의 무죄를 밝히면서 상대방과 합의하는 방법 같은 건 없었다. 이 역시도 내가 세상사에 밝지 못해서 쉽게 생각했던 모양이다. 나와 친구들은 어차피 이렇게 된 거 힘들어도 진실을 밝히는 것 말고는 남은 방법이 없다고 생각했다.

"범석아, 징역 생활이 좀 힘들더라도 버티자. 끝까지 싸우자, 우리."

물론 변호사님께 하루라도 더 빨리 나갈 방법을 알려달라며 애원하는 때도 있었다. 얼른 밖으로 나가 부모님과 친구들의 품으로 돌아가고 싶기도 했다. 1심에서 받은 죄를 2심에서 뒤집을 확률도 희박해 보이기만 했다. 하지만, 지금 당장 이 괴로움을 모면하고자 내게 남은 평생을 버리는 게 맞는가 곰곰이 생각해보았다. 아무리 냉정하게 따져보아도 내 마음이 내리는 답은 '그건 아니다.'였다. 충동적으로 잘못된 선택을 했다가는 여생에 후회만이 남을 것 같았다.

짧은 접견이 끝나고 방으로 돌아가는 걸음은 천근만근이었다. 그러나 이날 친구들과 접견에서 한 대화를 통해 느낀 바가 아주 많았다. '나는 죄가 없는데….', '어째서 내가 이런 곳에 있어야 하는 거지?' 등의 부정적인 생각들은 이 상황에 하등의 도움도 되지 않았다. 지금은 최대한 냉정하게 내 상황을 인지하고 그에 맞도록 대처해야만 했다. 무거운 걸음을 겨우겨우 한 발씩 떼서 방에 도착하자 서신이 도착해있었다. 평소에도 내 인생 멘토로 모시던 L 형님에게 온 편지였다.

　　내용인즉, 항소심에 나설 변호사 선임에 대한 고
민이었다. 물론, 수변호사님께서 열정적으로 최선
을 다해 변호해주셨지만, 분위기 전환을 위해 다른
시각으로 변론해줄 새로운 변호사를 선임해보는
것도 나쁘지 않을 것 같다는 내용이었다. 아직 결
정된 것은 없고 이렇게 진행해보면 어떨까 고민만
하는 중이니 결론이 나면 다시 연락하겠다며 편지
는 마무리되었다. 형님은 다소 사무적인 내용 중간
중간 "접견 가는 사람마다 네가 울고 있었다고 말
해서 걱정된다. 마음 굳게 먹고 무너지지 마."라며
응원하는 메시지를 잊지 않았다.

새로운 시작

　결국, 항소심에서 변론할 변호사를 바꾸는 것으로 결정됐다. 수변호사께서 열과 성을 다해서 변호해주셨으나 결과는 법정구속이었기에, 2심에서는 법리적으로 다른 시각이 필요하다는 의견이 많았다. L 형님과 지인이 각고의 노력 끝에 광주에 소재한 로펌의 변호사를 선임했다. 말수가 적으나 재판 준비나 서류 쪽으로는 평판이 좋아서 선임하고 후회한 사람이 거의 없을 정도라고 했다. 한 분은 부장 판사 출신인 문 변호사님이었고 다른 한 분은 차 변호사님이었다. 차 변호사님은 여성이었기에 남성의 시각으로는 미처 생각하지 못한 부분을 보완해줄 실력 있는 변호사라고 했다.

처음으로 변호사 접견을 하는 날에 사건과 관련해서 여러 가지 이야기를 나누게 되었다. 대화 중간에 이 사건이 어떻게 될 것 같으냐 물어보니, 변호사님은 우선 다투어봐야 알 것 같다고 하시며 L 형님을 언급하셨다. 경찰대를 나온 현직 경찰관이 위증죄에 대해 모를 리가 없는데도 증인으로 나섰다는 건, 그만큼 증거와 정황이 확실하다는 걸 의미한다고 하셨다. 그날 숙소 안에서 있었던 일에 대한 직접 증거는 없지만, 사건 후에도 성폭행 피해자와 가해자가 화기애애하게 술을 마시며 만났다는 건, 피해자가 취한 행동이라고 납득하기 어려운 부분이라 정황 증거로는 효력이 있을 것 같다는 것이다.

　L 형님은 1심 때 나를 위해 증인으로 나서주신 고마운 분이었다. 그러나 당시에는 경찰이라는 신분을 밝히면 여러모로 안 좋은 영향이 있지 않을까 싶어서, 직업을 밝히지 않은 채로 증거와 정황을 중점에 두고 증인석에 올라왔다. 그러나 1심 재판을 담당했던 판사들은 성폭행을 당한 뒤에 범죄자를 왜 만나냐는 원고의 주장만 들어주었다. 그렇기에 2심에서는 L 형님이 경찰이라는 것을 강조하며 증언의 신빙성을 높이기 위해서 재직증명서와 공무원증도 제출할 예정이라고 했다.

　새로 선임된 변호사들은 접견 때 무언가를 자세하게 물어보지는 않았다. 아마도 1심 때 수변호사님께서 작성하신 자료가 워낙 꼼꼼하고 자세했기 때문 아닌가 생각한다. 바깥에 있는 지인들도 새로운 변호사가 작성한 항소이유서를 보고 '정말 깔끔하고 상세하게 잘 썼다.', '이번에는 꼭 진실이 밝혀질 것 같다.' 등 긍정적인 반응을 보였다. 2심은 2년 6개월의 형이 과연 정말 정당한 것인지 상대방의 말을 꼼꼼하게 한 번 더 따져보자는 방향으로 진행되는 것 같았다.

2심에서는 1심에 나왔던 증인 중, Y 군의 이야기를 뒷받침해줄 내용이 필요했기에 사실조회를 요청하기로 했다. 당시에 나는 원고가 손이 다친 이후에 G 군, Y 군, M 군, 나, 원고가 한자리에 모여 술을 마셨다고 진술했고, 원고는 그런 사실 자체를 부정하고 있었기에 대체 무엇이 진실인지 따져보자는 것이었다. 술자리에 나온 적이 없다면 원고는 그날 병원에 있었을 것이고, 내 말이 맞다면 Y 군이나 G 군이 외박했던 흔적이 어떤 방식으로든 남아있을 것이었다.

항소이유서를 받아본 이후에 변론 방향이 어떻게 흘러갈지 파악하면서 나는 나름대로 무엇을 준비해야 하는지 차근차근 떠올리기 시작했다. 나는 원고와 함께 술자리를 가진 바로 다음 날에 서울로 간 사실을 토대로, 하이패스 결제 내역을 보고 모임이 있던 날짜를 특정했다. 이외에도 다른 증인들

은 각자 자기가 할 수 있는 자료를 준비해서 적극
적으로 나에게 도움을 주었다. 하나둘 나에게 유리
한 자료를 모아갈수록 자신감이 붙었고, 승소에 대
한 확신이 생겼다.

항소심 1차 공판

철컥거리는 소리와 함께 방문이 열렸다. 교도관은 각 방을 돌아다니며 오늘 재판 일정이 있는 재소자들은 밖으로 나오라고 했다. 밖에 모인 재소자들이 줄을 서면, 교도관은 전달받은 인원과 줄을 선 인원이 일치하는지 확인한다. 복장과 소지품 점검까지 마치면 재소자들의 손에는 수갑이 채워지고 그대로 줄을 맞춰 호송 차량으로 걸어간다. 재판정까지 가는 과정이 생각보다 번거롭고 시간도 오래 걸렸으나, 오늘 열리는 이 재판만 받으면 된다는 희망이 있기에 참고 견딜 수 있었다. 함께 방을 쓰는 재소자들은 배식을 받은 내게 오늘만큼은 국에 밥을 말아서 먹으면 안 된다고 했다. 그게 재판을 말아먹는다는 말과 비슷해서 흔히 지키는 징크스라고 했다. 솔직히 그런 건 다 미신이겠지만, 얼마나 내 승소를 바랐으면 이런 조언까지 해줬을까 싶어서 고마운 마음이 컸다.

차로 약 20분간 달려서 광주법원에 도착하자 재판정으로 입장하기 직전에 수갑을 풀어주었다. 문을 열고 입장하니 항소심 고등법원 재판부 소속 판사 3명이 눈에 띄었다. 1심과는 다르게 다소 연륜 있어 보이는 판사로 재판부가 구성되었다. 재판은 속전속결로 이루어졌다. 아마도 1심에서 다룰 건 모두 다룬 상태여서 주요 쟁점만 골라 빠르게 살펴보는 모양이었다. 우리 측 변호인은 원심의 판단이 잘못되었다는 변론을 펼쳤고, 원고를 다시 법정에 증인으로 소환하여 심문하기를 요청했다.

변호사는 1심에서 원고가 주장했던 내용을 다시 한 번 확인하는 시간을 가졌다. 사건이 발생하고 3년 8개월이 지난 시점에 고소하게 된 배경에 관해 말이다. 원고는 당시 이혼 소송을 진행하고 있었기에 양육권을 뺏기고 싶지 않아서 소송이 끝날 때까지는 일을 키우고 싶지 않았다고 진술했다. 그에 대해 정확하게 따져보기 위해서 원고가 진행했던 이혼 소송의 판결일이 언제였는지 사실확인을 요청했다. 또한, '사건이 발생한 이후에 원고와 피고가 만난 적이 있느냐, 없느냐?' 하는 쟁점을 확실하게 증명하고자, 그날 함께 술자리에 있었던 M 군을 증인으로 추가 신청했다. 나는 그날 원고의 연락을 받아서 오겹살집에서 만나 술자리를 가졌다고 주장했고, 원고는 나와 만나기는커녕 내가 걸었던 연락은 모두 차단하고 병원에 입원 중이었다고 주장했기 때문이다. 마지막으로 재판부가 다음 재판기일을 선포하며 항소심 1차 공판은 마무리되었다.

예상치 못했던 만남

평소처럼 변호사 접견을 마친 뒤 복도로 나서자
마자 나는 순간 놀라 몸이 얼어붙었다. 내 맞은편
에 있는 인영도 마찬가지였다. 눈을 휘둥그레 뜨고
는 어찌할 줄을 모르는 표정이었다. 하필이면 수
용복을 입은 채 만난 사람은 평소에 부동산 모임
을 함께하는 K 누님이었다. 무어라 설명하고 싶었
지만, 눈 깜빡할 정도로 찰나의 순간이었기에 그저

가볍게 목례만 하고 스쳐 지난 게 못내 마음에 걸렸다. '죄수복을 입은 나를 보면서 무슨 생각을 했을까.' 하는 마음에 순간 눈물이 주르륵 흘러내렸다. 같은 모임에 안 좋은 소문이라도 날까 걱정되고 창피해서 고개를 들 수도 없었다. 교도소 안에서 아는 얼굴을 마주할 확률이 얼마나 될까? 왜 하필이면 이 순간에 이 사람과 여기서 마주쳤는지 운도 지지리 없다고 생각했다.

방에 돌아가자마자 스피커에서는 "1071, 접견!"이라는 안내 방송이 흘러나왔다. 오늘 잡힌 일반 접견에는 1심 때 증인석에 서주신 L 형님이 오기로 정해져 있었다. L 형님은 이미 한 차례 울고 나온 내 얼굴을 보더니, 마음 단단하게 먹으라며 위로와 충고를 건넸다. 그리고 항소심 변호사를 선임하게 된 이유와 앞으로의 재판 진행 방향도 설명해주셨다. 대충 전달받아야 할 내용을 모두 들은 후, 나는 L 형님께 K 누님과 마주쳤다고 말했다. 아무래도 죄수복을 입은 나를 보고 많이 놀란 것 같으니 사연 좀 잘 설명해달라고 부탁했다. L 형님은 차분히 내 이야기를 들으시더니 '이런 일이 생기기도 하그만.' 하고 한숨을 쉬셨다. 오해 없도록 사실 그대로 이야기를 할 테니 너무 걱정하지 말고 마음을 잘 추스르라는 말을 끝으로 접견은 끝났다.

얼마나 지났는지 기억을 잘 나지 않지만, 평소처럼 내 앞으로 들어온 서신에 답장을 쓰고 있던 때였다. 스피커에서 갑자기 "1071, 변호사 접견!"이라며 안내 방송이 나왔다. 변호사 접견은 일주일에 한 번꼴로 잡히는 게 보통이었고, 난 이미 전날에 변호사 접견을 마친 상태였다. 재판 준비에 무슨 차질이라도 생겼나 불안한 마음이 불쑥 들었지만, 어쨌든 여기서 나가서 복도를 걷는 것 자체가 내게는 소소한 힐링이었기에 변호사 접견실로 걸음을 옮겼다. 나는 문을 열고 들어오는 사람을 보고 깜짝 놀랄 수밖에 없었다. 변호사 접견을 신청한 것은 전날 만난 문 변호사님이 아니라, 수용소에서 우연히 마주쳤던 K 누님이었다. 누님은 L 형님의 이야기를 듣고 나서 1심 판결문을 읽어보았다고 했다. 나는 내 담당 변호사가 아닌, 다른 변호사의 의견도 궁금해서 읽어보니 어떠하냐 물어보았다.

누님은 재판부가 원고의 말만 듣고 이렇게 2년 6개월이라는 중형을 준 게 매우 유감이라고 하셨다. 피고 쪽에서 소환한 증인의 증언을 다 묵살한 판결은 다소 이례적이라고. 그리고 1심의 판결을 2심에서 뒤집는 건 매우 어렵다는 말씀도 하셨다. 확정적인 증거가 부족하고 진술 자체가 곧 증거인 사건은 더욱 쉽지 않다는 것이다. 그리고 수변호사님이 하신 말처럼 합의를 보면 초범이니 집행유예가 나올 가능성이 매우 크다고 했다. 그러나 나는 하지 않은 일을 인정하지 않기로 마음먹은 만큼, 누님께 꼭 끝까지 싸워서 누명을 풀 생각이라고 했다.

K 누님은 만약 일이 잘 풀려서 무죄를 선고받으면 정말 좋겠지만, 사람 일은 모르는 거니 여러 가지 경우의 수를 생각하고 재판에 임하는 게 좋을 거라고 하셨다. 이외에도 여러 가지 경험에서 나온 조언과 다양한 선례 이야기 등을 많이 풀어주셨

고, 도움이 필요하면 언제든지 연락하라고 든든하게 응원해주셨다. 법정구속이 됐는데도 내 이야기를 믿어주고 선뜻 도움의 손길을 내밀어주셨던 누님께 다시 한번 이 자리를 빌려 감사하다는 말씀을 드리고 싶다.

접견 얘기가 나오니 아버지와 일반 접견을 했던 얘기를 빼놓을 수 없을 것 같다. 사실, 법정구속까지 될 줄은 몰랐기 때문에 아버지께는 심려를 끼치고 싶지 않아서 소송에 관한 얘기는 하지 않았다. 그러나 수감된 이후로는 연락이 닿지 않으니, 친구들도 사실대로 내 상황을 얘기할 수밖에 없었던 것 같다.

당연하게도 아버지와 만나는 첫 접견을 앞두고 제대로 잠을 잘 수 없었다. 하나밖에 없는 아들이 교도소에 들어왔다는 소식에 부끄러워 얼굴도 못 들고 다니신 건 아닐까, 사람들이 수군거리는 목소리에 속상하시진 않았을까 그저 죄송한 마음뿐이었다. 수용복을 입고서 스트레스로 이가 3개나 빠진 내 모습을 보고서도 그 자리에서 쓰러지지 않으시면 다행이라고 생각했다. 그러나 내 생각과는 다르게 아버지는 나를 보자마자 눈물부터 흘리셨다. 생전 아버지의 눈물을 볼 일이 없었기에, 아크릴 창 너머로 아버지가 우시던 모습은 아직도 사진처럼 선명하게 머릿속에 남아있다. 아버지는 별말씀 없이 그저 밥 많이 먹고 건강하게 지내고 있으라고 하셨다. 어떻게든 최대한 빨리 여기서 나오게 할 테니 씩씩하게 생활하라고….

아버지와 접견을 마치며 돌아가는 길에 속으로 다짐했다. 반드시 누명을 풀어서 하늘에 계신 어머니 앞에 떳떳한 아들로 돌아가리라. 그러려면 내 마음을 다잡고 조금 더 단단한 사람이 되어야만 했다. 어차피 이렇게 된 거, 다른 사람은 겪지 못할 일까지 겪었으니 세상사에 초연해지지 않을 이유는 없었다. "우리 아들, 꼭 믿는다!" 접견이 끝나고서도 크게 외치던 아버지의 목소리가 사무치는 날이었다.

항소심 2차 공판

12월 12일, 항소심 2차 공판일이 다가왔다. 무더운 여름에 시작한 재판은 어느덧 겨울에 접어드는 12월까지 이어지고 있었다. 푸릇한 잎을 무성히 달고 있던 나무는 어느새 앙상하게 마른 나뭇가지만 남긴 채 같은 자리에 서 있었다. 그 모습이 마치 기나긴 싸움에 지쳐버린 나와 닮은 것 같아서 한참을 바라보았다.

재판정에 들어서자, 이전에 증인 신청을 한 원고는 송달을 받지 않아서 출석하지 않았다고 했다. 그 부분이 상당히 아쉬웠다. 나를 담당한 변호사는 추가로 신청한 증인 중 하나인 M 군을 심문하였다. M 군은 이미 1심 때 다룬 술자리에 관해 증언했다. 그중에서도 술을 절제하지 못하고 2차까지 사람들을 끌고 간 원고가 해장국집에서 본인이 직접 계산까지 한 것이 핵심이었다. 그러나 결제수단이 카드인지 현금인지는 알 수가 없었다. 따라서 재판부에서 입원 기간 동안 원고의 카드로 계산했는가를 확인하기 위해 사실조회요청을 지시하였다. 원고가 Y 군의 집에 가서 하룻밤 숙박한 사실도 알고 있느냐 물었을 때, M 군은 나중에 들어서 알고 있다고 대답했다.

이러한 내용을 들은 재판부는 그날 원고가 사용한 카드의 사용 내역에 대해 사실조회를 요청하였다. 정말로 원고가 해장국집에서 결제한 기록이 있는지 확인하기 위함이었다. 다음 항소심 기일을 잡고 나서 재판은 그렇게 막이 내리는 듯했다. 교도관이 내 양팔을 잡고 연행하려고 하자, 변호사는 원고의 이혼 소송 판결 날짜가 언제인지 회신이 왔느냐고 물었다. 판사 중 한 명이 "이혼 소송은 이번 사건이 있기 전에 이미 끝났다고 합니다."라고 대답했다. 나는 순간 충격에 빠졌다. 그러면 1심 재판부는 그런 것조차 제대로 확인하지도 않고 나에게 2년 6개월이라는 실형을 선고했다는 것인가? 황당함과 분노가 동시에 치밀어 올라 나도 모르게 소리를 지를 찰나, 방청석에서 누군가가 큰소리로 나를 불렀다. 마치 내가 그릇되게 행동하려는 걸 막아주려는 듯이.

"범석아! 밥 많이 먹고 건강해야 해!"

자리에서 일어나서 소리친 사람은 이전에 같은 회사에 다니며 각별하게 지냈던 H 형님이었다. 형님의 주변으로는 약 스무 명 정도 되는 지인과 친구, 아버지가 내 재판을 방청하고 있었다. 나를 격려해주고 싶은 마음에 그랬던 것은 이해하지만, 결과적으로 형님은 오히려 밖에서 변호인에게 혼나고 말았다. 재판장에서 그렇게 함부로 소리를 높이면 안 된다고, 오히려 피고에게 불리한 판결이 나올 수도 있다고. 재판정에서 퇴정한 후에 교도관은 나에게 사회에서 어떤 일을 했냐고 물었다. 그냥 직장인이었다고 하니 아마도 사회에서 좋은 사람이었던 모양이라고 넌지시 칭찬해주었다. 한두 명은 그렇다 치는데 이렇게나 많은 사람이 재판정까지 와서 응원해주는 건 보기 드물다고 했다. 나중에 안 사실이지만, 내 재판이 끝나고 사람들이 우르르 빠져나가자 방청석 자리가 텅텅 비었다고 한다. 이렇게나 많은 사람의 지지를 받는 걸 보면 좋은 결과가 있을 것 같다고 했던 교도관의 말이 참 고마웠다.

그날 나를 생각하며 가장 가까운 곳에서 응원해주었던 지인, 친구들 그리고 아버지께 이 자리를 빌려서 꼭 고맙다고 감사의 인사를 드리고 싶다.

4장

—

보석 (寶石) 같았던
보석 (保釋)

교도소에서 맞은 생일

2019년의 마지막 날인 12월 31일이었다. 12월 31일은 한 해의 마지막이기도 했지만, 다음 해의 새로운 날을 맞이하기 위한 오작교 같은 날이기도 했다. 생일 하루 전날이라 그런지 지금 내가 있는 곳이 교도소라는 사실이 더욱 우울했던 날이었다. 물론, 한 해의 마무리를 우중충하고 암울한 교도소에서 맞이하리라고는 생각도 하지 못했으니 더욱.

순식간에 찾아온 19년도의 마지막 날을 보내고, 교
정 시설에서 틀어준 텔레비전에서는 새해가 밝았
다며 해맞이와 관련된 뉴스를 연일 송신하고 있었
다. 하지만 텔레비전에 그다지 집중할 여건이 아니
었으므로 정확히 어떤 소식을 어떻게 전했는지는
모르겠다.

1월 1일, 모두가 희망차게 새로운 무언가를 하려
는 날은 내 생일이었다. 태어난 날이 1월 1일이라
는 걸 숨길 수가 없는지, 나는 딱히 노력하지 않아
도 언제나 밝고 활기차다는 말을 많이 듣고 자랐
다. 쇠창살 밖으로 휘날리던 눈송이 몇 개가 들어
와 체온에 의해 흔적도 없이 스르륵 녹아 없어졌
다. 그걸 보며 '참, 인생이란 무엇인가.' 하는 심오
한 생각이 들기 시작했다. 그러나 '살면서 교도소
에서 생일을 지내보네. 정말 파란만장한 인생이구
나.'라고 생각하며 복잡한 감정을 한숨에 흘려보내
는 수밖에 없었다.

그 무렵, 나는 이 방의 봉사원(방장)이 되어있었
다. 물론 나보다 먼저 들어온 사람도 몇 명 있었지

만, 같은 방에서 지내는 사람들은 내가 봉사원을 했으면 하는 바람이 있었나 보다. 어쩌다 보니 교도소에서 방장까지 되다니. 그리고 생일에는 오예스로 만들어진 케이크로 축하 파티도 열어주었다. 평소 같았으면 12월 31일 저녁부터 친구들과 송년회도 할 겸 저녁부터 모였을 것이었다. 제야의 종소리를 들으면서 한 해의 마지막 날이 얼마 남지 않았다고 숫자를 셌을 것이고, 1월 1일이 되자마자 생일을 축하해주는 노래를 들었을 텐데···. 매년 특별한 행사 같았던 생일이 이번만큼은 조금 다르게 느껴졌다. 재소자들이 만들어준 오예스 케이크를 받으니 친구들과 함께했던 시간이 떠올랐다. 지극히 평범하고 똑같이 반복되는 것만 같은 무료했던 일상은 그렇게나 소중한 것이었다.

보석, 제자리로 돌아가다

　새해가 밝은 지 보름쯤 지났을까, 문득 이전에
변호사님이 보석 신청을 걸어둔 것이 떠올랐다. 보
석(保釋, Bail)이란, 일정한 보증금의 납부를 조건
으로 구속의 집행을 정지함으로써 구속된 피고인
을 석방하는 제도를 말한다. 보석의 종류는 피고
인·변호인 등의 청구에 의하는 청구보석과 직권으
로 행하는 직권보석으로 나누어진다. 한편, 반드시

보석청구에 대하여 이를 허가해야 하는 필요적 보석과 법원의 재량에 맡기는 임의적 보석으로 분류하기도 한다.

피고인이 도망한 때, 도망하거나 죄증을 인멸할 염려가 있다고 믿을 만한 충분한 증거가 있는 때, 이유 없이 출석하지 아니한 때, 소환을 받고 정당한 이유 없이 출석하지 아니한 때, 피해자나 당해 사건의 재판에 필요한 사실을 알고 있다고 인정되는 자 또는 그 친족의 생명·신체나 재산에 해를 가하거나 가할 염려가 있다고 믿을 만한 충분한 이유가 있는 때, 주거의 제한 기타 법원이 정한 조건을 위반한 때에는 법원은 직권 또는 검사의 청구에 의하여 결정으로 보석 또는 구속의 집행정지를 취소할 수 있으며, 보석을 취소할 때에는 결정으로 보증금의 전부 또는 일부를 몰수할 수 있다[4].

보통 뉴스나 신문에서 힘 있는 재벌이나 정치인이 보석으로 쉽게 석방되었다는 소식을 많이 접했

---

4) 한국법제연구원 법령용어검색(https://www.klri.re.kr)

을 것이다. 그래서 보석 석방이 돈만 있으면 되는 것처럼 보이지만, 혐의를 인정하지 않은 상태에서 원고와 합의를 보지 못한다면 인용되기 쉬운 절차는 아니라고 한다. 문 변호사님은 피고가 원고의 잘못된 진술로 억울하게 구속당했으니, 자기방어권 및 신변을 보장해달라는 취지에서 보석 신청을 넣었다고 했다. 항소심에 들어서고부터는 조금씩 진실이 드러나고 있었으니 아마도 보석 인용에 조금이나마 유리하게 적용되지 않을까 기대되기도 했다. 문득 보석 생각이 난 것을 보니, 그때의 나는 황금 같은 주말의 시작인 금요일을 좁디좁은 감옥에서 보내기 싫었던 것 같다. 당연하게도 지금까지 찾아온 금요일과 주말을 감옥에서 보내기 싫었겠지만, 밝고 활기차게 출발하는 1월의 모든 걸 새롭게 시작하고 싶었는지도 모르겠다.

1월 17일, 간절한 내 마음을 읽기라도 한 것처럼 바깥에서 더없이 기쁜 소식이 들려왔다. 금요일 일과가 끝난 뒤에 평소처럼 인원 점검을 위한 점호를 하고 저녁 식사 전까지 잠깐 휴식하고 있던 때였다. 저승사자라고 불리는 교도관[5]이 갑자기 "1071!" 하고 내 수용자 번호를 부르더니 등기우편물 하나를 건넸다. 우편 봉투 안에 든 것은 하염없이 기다리던 보석허가결정서였다.

순간, 나는 벅차오르는 감정을 주체하지 못하고 큰 소리를 내고 말았다. 같은 방을 쓰던 재소자들은 무슨 일이냐며 내 주변으로 몰려들었고, 나는 잔뜩 상기된 얼굴로 보석허가결정서를 내밀었다. 사람들은 다들 자기 일처럼 박수하며 기뻐했다. 그도 그럴 것이 보석금이 없는 보석결정문이었기 때문이다. 상식적으로 생각해봐도 석방할 때 감수해야 하는 위험이 클수록 보석금이 큰 것은 당연했다. 재판부도 내가 억울하게 범죄자로 몰렸다고 생각하여 보석금을 받지 않고 석방해주려는 게 분명했다. 항소심에서 요구했던 '사실조회'가 빛을 발하던 순간이었다.

---

5) 갑자기 쑥 와서 전자서신이 아닌 우편물로 온 편지 등을 주고 간다.

　　문서를 건네받고 얼마 지나지 않아서 문이 열렸다. "1071, 나오세요." 교도관은 나에게 손짓하며 밖으로 나오라 일렀다. 새삼, 들어올 때도 어물쩍 들어와서는 나갈 때도 어리바리하게 나가게 되었다. 같은 방을 썼던 재소자들과 인사를 나눌 틈도 없었다. 그동안 내 앞으로 들어왔던 영치금을 현금으로 돌려받고, 교도소에서 돈을 주고 샀던 물건이나 내 앞으로 받았던 서신도 챙겼다. 입감하기 전에 압수됐던 개인 물품도 돌려받았다. 나는 이제야 모든 게 제자리로 돌아가고 있다는 것을 느꼈다.

　　교정 시설의 커다란 철문이 열리자 작은 틈으로 햇볕이 스며들었다. 빛줄기는 문이 활짝 열릴수록 더 짙고 길게 자리했다. 마치 기나긴 어둠 속에서 헤매던 나를 구해주려는 것처럼. 날아갈 것 같은 기분은 두말할 것도 없었다. 지금껏 살아온 경험에 빗대자면 군대에서 전역할 때보다 열 배는 더 좋았던 것 같다. 쪽문에서 나와 정문으로 다다를 때쯤, 웅성거리는 목소리가 들리기 시작했다. 미리 연락

받은 친구, 지인, 후배 등 10명 정도 되는 인원이 문 앞을 지키고 서 있었다. 우리는 서로를 보자마자 아무 말도 필요 없다는 듯 부둥켜안았다. 이제 고생은 끝났다는 생각에 펑펑 울었던 것 같다.

친구들은 그제야 마음이 놓였는지 우는 나를 보며 농담을 던졌다. 그러고는 영화나 드라마의 출소 장면에서 빠지지 않고 등장하는 흰 두부를 건넸다. 나는 그날, 교도소의 커다란 철문 앞에서 소매로 우악스레 눈물을 닦으며 눈물 젖은 빵이 아니라 두부를 먹었다. 지인 중 평소 믿음직스럽고 언제나 의지가 되던 M 형님은 지금 제일 먹고 싶은 게 무엇이냐 물었고, 나는 1초도 망설이지 않고 삼겹살이라고 대답했다. 형님은 흔쾌히 자기가 살 테니 얼른 가자고 말씀하셨다. 그날 먹은 삼겹살은 아마 평생 잊지 못할 것이다. 6개월 만에 사회로 나와서 가장 사랑하는 사람들과 함께 가장 먹고 싶었던 것을 먹었으니 당연히 가슴 깊이 남을 수밖에.

　　나는 이번 일을 통해 아주 비싼 값을 치르고 일
상의 소중함을 배웠다고 생각하기로 했다. 그래야
만 내가 겪었던 일을 받아들일 수 있었다. 나를 위
해 힘써주었던 사람들을 위해서라도 쓸데없이 과
도한 복수심이나 증오는 버리기로 했다. 딱 필요한
만큼만 감정을 사용하고 나머지는 남겨두는 연습,
6개월간 교도소에서 뼈를 깎는 그 혹독한 연습을
통해 나는 이전보다 단단한 사람이 되어있었다. 남
들은 평생에 한 번 겪을락 말락 한 커다란 일에 휘
말린 후에야….

조금씩 드러나는
고소인의 거짓말
(항소심 3차 공판)

보석은 그저 구속된 상황에서 벗어나는 수단이었지, 이것이 곧 무죄임을 뜻하는 건 아니었다. 그러나 내게 보석금을 단 한 푼도 청구하지 않은 재판부의 결정을 통해 앞으로 나아갈 용기를 얻었다. 나는 성범죄자라는 의심의 구심점에서 많이 벗어난 상태였고, 조금만 더 노력하면 무죄를 밝혀낼 수 있다는 확신을 얻었다.

게다가 2020년 2월 6일, 재판정에 들어가기 직전에 원고가 증인신청 송달을 제대로 받아서 항소심 공판에 출석한다는 소식을 들었다. 재판부의 요청에 따라 원고가 카드를 사용한 내역이 회신된 상태에서 어떤 결과가 나올지는 뻔했다. 나는 피고인석에 앉아서 증인석에 있는 원고를 바라보았다. 그녀는 위증할 시 처벌받겠다고 선서하고 증인석에 앉았다. 재판은 제법 길었고 생각보다 많은 문답이 오고 갔다. 아마도 진술이 곧 증거가 되는 공판인 만큼 치열할 수밖에 없었을 것이다. 그중에서도 가장 핵심적인 문답을 요약하자면 아래와 같다.

아래는 오겹살 가게에서 있었던 일의 진위를 판단하기 위한 문답 과정이다. 1심에서 원고가 Y 군의 집에 가서 하룻밤 자고 왔다는 진술의 진위를 가리기 위해서였다. 그리고 사실조회 요청으로 S 병원의 외출 기록을 받을 수 있었다. 원고는 우리가 함께 술자리를 가졌다고 했던 날짜에 외박을 요청했고, 사유란에는 상갓집 조문이라고 적어놓았던 것으로 밝혀졌다. 그러나, 원고는 그것을 제대로 기억하지 못하고 대답을 회피하기만 했다.

변호인: S 병원에 입원한 동안 하루 나가서 자고
왔던 것을 기억하시나요?

증인(원고): 아니오.

변호인: 그럼 누가 상을 당했는지, 어느 장례식이
있었는지 이런 것도 전혀 기억 안 나시고요?

증인(원고): (대답하지 않는다.)

변호인: 증인은 2015년 3월 5일에 S 병원에서 퇴
원했지요? 병원비는 누가 계산했습니까?

증인(원고): 엄마가 했습니다.

변호인: 증인이 함께 있는데 그냥 엄마가 계산하
신 거예요?

증인(원고): 네.

변호인: 증인은 S 병원에서 퇴원한 당일에 바로
ㅅ 한방병원에 입원했나요? 아니면 그다
음 날 입원하셨나요?

증인(원고): 당일날 바로.

변호인: 증인은 그럼 두 병원에 입원한 동안에는

술을 전혀 마신 적이 없습니까?

증인(원고): 네.

판사: S 병원에 입원했을 때 외박을 한 적이 전혀 없단 말인가요?

증인(원고): 제 기억으로는 없는데요.

판사: 그럼 혹시 S 병원에 있을 때 누가 죽어서 상가(喪家)에 갈 일이 있었어요?

증인(원고): 제가요?

판사: 예. 지인이 상을 당했다거나 하는 등의 이유로 상가에 갈 일이 있었습니까?

증인(원고): (대답하지 않는다.)

판사: 기억이 안 나요?

증인(원고): 네.

판사: 그러면 S 병원에서 퇴원하실 때, 병원에서 자고 그날 퇴원하신 겁니까 아니면 퇴원하기 전날 밖에서 자고 다음 날 와서 퇴원하신 겁니까?

증인(원고): 기억이 안 나는데……

판사: 기억이 안 나요?

증인(원고): 바로…… 아…….

판사: 병원에서 자고 바로 그날 퇴원하신 것 같아
요?

증인(원고): 네.

아래는 원고의 의견을 대변하는 검사마저 당황했던 대화
다. 원고는 처음부터 일관되게 사건 이후로 남자에 대한 불
신이 커져서 남자를 만나는 게 힘들다고 진술해왔기 때문
이다. 그런데 정신적 충격이 크다고 주장한 것과는 달리, 병
원에 입원했다는 기간에 남자친구과 함께 모텔을 갔다고
대답해서 검사가 크게 당황했던 것 같다.

변호인: 두 번째로 입원한 ㅅ 한방병원에는 얼마
나 입원하셨어요?

증인(원고): 일주일 정도.

변호인: 그럼 ㅅ 한방병원에 있을 때 밖에 나와서
술도 드시고 한 적이 있습니까?

증인(원고): 아니오.

변호인: 없어요?

증인(원고): (고개를 끄덕인다.)

검사: 그 병원은 외출이 엄격합니까?

증인(원고): 네.

검사: 그래서 외출하고 싶은데 허락을 안 해주니까 친구의 부친께서 상을 당했다고 거짓말을 한 건가요? 그건 아닐 것 같은데?

증인(원고): 기억이 안 나는데…….

검사: 기억이 안 납니까?

증인(원고): 네.

검사: L 모텔에서 카드 결제한 사실이 있는데, 증인의 카드로 결제한 게 맞습니까?

증인(원고): 네, 남자친구랑 갔던 거…….

검사: 남자친구요?

증인(원고): 네, 그때 당시에 남자친구가 있었거든요.

검사: 그때 당시에요?

증인(원고): 네.

　치열한 공방 끝에 선고일을 잡으며 재판은 끝났다. 법원 밑에서 변호인단과 간단하게 대화할 기회가 있었는데, 증인심문을 통해 많은 거짓말이 수면 위로 올랐으니 재판부를 믿고 기다려보자고 했다. 물론, 잘된 일이었지만 한편으로는 참 씁쓸하기도 했다. 진작 이런 식으로 재판을 진행할 수 있었는데 어째서 1심을 진행했던 재판관들은 제대로 알아볼 생각도 하지 않고 무고한 나에게 죄를 뒤집어씌웠을까. 그들의 판결 한 번으로 나는 법정구속을 당했고 실로 많은 것을 잃어야만 했다. 이미 깎여버린 사회적 체면으로 인한 수치심, 성폭행범이라는 오해와 싸워야만 하는 나는 누구에게 보호해달라고 요청해야 한단 말인가.

　아마 난 이때부터 어렴풋이 알고 있었는지 모른다. 내 체면은 내가 챙겨야 하고, 나를 향하는 오인 또한 내가 적극적으로 나서서 해명해야 한다는 것을. 나를 이렇게 만든 원고에게 책임을 지운다고 해결될 문제가 아니었다. 잘못 판단한 재판부를 원망해봤자 달라지는 것도 없었다. 내 편이라고 생각하는 변호사도 법리적으로 무죄를 얻어줄 수는 있지만, 나를 예전처럼 무결한 존재로 되돌릴 수는 없었다. 결국, 내가 똑바로 정신을 차리고 싸워내야만 하는 거였다. 그리고 그걸 결심하기까지 참 오래도 걸릴 것이라곤 예상하지 못했다.

원고(고소인)의 마지막 발악

선고일이 한 달 정도 남았을 때였다. 갑자기 원고와 검사, 국선변호사가 법원으로 의견서 및 탄원서를 제출하였다. 고등법원 검사의 의견서는 "성인지 감수성"에 근거하여 당사자 진술의 신빙성을 판단해달라는 문구로 시작했다.

대법원은 성폭행이나 성희롱 사건의 심리를 할 때는 그 사건이 발생한 맥락에서 성차별 문제를 이해하고 양성평등을 실현할 수 있도록 "성인지 감수성"을 잃지 않도록 유의하여야 한다고 판시하고 있습니다. 원고는 수사 과정이나 1심 재판 과정에서 성폭행 피해를 당한 이후에 피고인의 친구들과 함께 피고인을 만난 기억이 나지 않는다는 취지로 진술한 바 있고, 항소심 재판 과정에서도 성폭행 사건 발생 이전에는 피고인과 그의 친구들이 하는 술자리에 참석한 사실이 있지만, 성폭행 사건 발생 이후에 피고인이나 그의 친구들과 저녁 식사 자리에 함께한 기억이 나지 않는다는 취지로 진술한 바 있습니다.

이 사건 범행 이후에 피고인과 피해자가 만난 횟수와 경위에 관하여 피고인과 피해자의 진술이 상반되고 오히려 피고인과 그의 친구들의 법정 증언 등에 의하여 피고인의 주장처럼 범행 이후에도 피고인과 피해자가 만난 사실이 인정됨에도 피해자가 범행 이후 만난 사실에 대하여 기억이 나지 않는다는 식으로 항소심 변론 종결 시까지 진술했다는 점만으로 피해자 진술의 신빙성을 배척하지 말아주시기 바랍니다.

피해자는 이 사건 성폭행 피해를 당한 이후에 피고인과 몇 차례 자리를 함께한 사실에 대하여 정말로 기억이 나지 않았기 때문에 피해자는 기억이 나지 않는다고 진술한 것뿐이며, 결국 만난 사실을 숨기기 위하여 거짓말을 하기 위하여 허위로 진술한 것이 아닙니다. 정말로 만난 사실을 숨길 생각으로 거짓말을 해왔다면 이 사건 재판이 끝날 때까지도 피고인과 그의 친구들을 만난 사실이 결코 없다는 식으로 계속 주장하였을 것입니다. 피해자한테 과거를 왜 기억하지 못하였느냐고 탓하면서 그 이유만으로 피해자 진술의 신빙성을 탄핵하는 것은 대법원에서 강조하는 성인지감수성을 충분히 반영하지 못한 증거 판단이라고 할 것입니다[…].

의견서를 읽었을 때 지적하고 싶은 부분이 한두 가지가 아니었다. 그러나 법정에서 난 싸움이니 법리적으로 다투어야 한다는 마음으로 꾹 참았다. 그리고 죽자고 달려드는 사람에게 괜히 여지를 줘서 일을 크게 만들고 싶지 않은 게 제일 컸다. 어쨌든 현재 흐름은 나에게 유리했고, 기나길었던 법정 싸움도 끝으로 다다르는 중이었으니 문제를 키워서는 안 됐다. 의견서에서 제일 허탈한 대목은 '정말 기억이 나지 않아서 기억이 나지 않는다고 대답했을 뿐이다.'라는 문장이었다. 나는 이 부분을 보자마자 헛웃음이 나오는 걸 막을 수가 없었다. 제대로 된 기억도 없으면서 사람을 범죄자로 몰아가는 게 말이 된단 말인가. 기억에 없다는 말은 순간을 모면하려는 거짓말이 아니라던 검사의 말, 누가 보아도 객관성이 없는 궤변이나 마찬가지였다. 원고는 기억이 나지 않는다는 말이 마치 무기라도 되는 것처럼, 불리할 때마다 '잘 모르겠다.', '기억이 나지 않는다.'라고 일관했다.

게다가 검사는 내가 1심에서 소환했던 증인 4명이 모두 허위 증인이라며 믿을 수 없다고 주장했다. 4명은 모두 피고 쪽의 사람이기에 진실을 말할 수도 있으나 뒤에서 거짓으로 입을 맞췄을 수도 있다는 것이었다. 그렇게 변론해놓고, 조사를 통해 사실관계가 드러나니 갑자기 말을 바꾸며 "성인지 감수성"을 내세웠다. 담당 검사까지 당황하게 할 정도로 원고가 했던 말의 앞뒤가 맞지 않았는데도 말이다.

지금껏 그래왔듯, 원고는 다시 한번 서면을 통해 말을 바꿨다. 증인으로 재판정에 섰을 때는 너무 긴장하고 무서워서 기억이 잘 나지 않았다는 것이다. 사건 이후에 나를 포함하여 내 지인들을 만나지 않았다고 생각했으나, 다시 천천히 생각해보니 사후에도 나를 만난 적이 있다고 주장했다. 내가 원고에게 진심 어린 사과를 했음에도 원고는 내키지 않았지만, 합의금을 받을 수 있을 것 같아 나를 만나러 나왔다는 것이다. 그래서 그때 한번 만났는데 막상 얼굴을 마주하니 합의금이나 사건에 대한 사과의 말이 없었기에 기억에서 잊혔던 것 같다고 적었다. 그런 중대한 일을 어떻게 머릿속에서 지울 수 있단 말인가? 만약 나였다면, 진심으로 사과하고 합의금도 주겠다던 사람이 약속을 지키지 않았다는 것에 화가 나서라도 절대 잊지 못할 것 같았다.

　원고의 어머니가 보낸 자필 편지의 내용 또한 황당하기 그지없었다. 내용인즉, 딸이 어느 날부턴가 밥도 제대로 못 먹고 울기만 해서 무슨 일이 있나 걱정되었다고 한다. 하지만, 별말이 없기에 먼저 물어보기도 어려워서 그냥 넘어갔다는 것이다. 나중에 들어서야 알게 되었지만 그런 극악무도한 일을 겪어서 혼자 끙끙대는 줄은 몰랐다며, 악마 같은 피고를 제발 처벌해달라고 간청하고 있었다.

　난 그게 재판의 향방이 뜻대로 흘러가지 않은 원고 측의 마지막 발악이라고 생각했다. 더는 내세울 주장이 없으니 말을 지어내고, 바꾸고, 감정에 호소하는 방법만이 남았던 게 아닐까.

피고 이범석은 무죄

2020년 6월 25일은 운명의 항소심 판결 날이었다. 물론 많은 진실이 드러났고 보석금 없이 보석 석방 허가까지 났기에, 재판부가 어떤 판결을 내릴지 어느 정도 예상할 수 있었다. 하지만, 1심 때도 예상치 못하게 뒤통수를 한번 세게 맞았던 경험이 있어서인지 끝까지 안심할 수는 없었다. 만에 하나라도 잘못된 판결이 반복된다면, 나는 2년 6개월

중 남은 2년을 다시 복역해야만 했다. 방을 잘 만나서인지 별다른 어려움 없이 지내기는 했으나, 그곳에 있다는 것 자체가 나에게 압박이었다. 정말 잘못이라도 했으면 과거의 나를 탓하며 진중하게 반성이라도 했겠지만, 억울하게 누명을 쓴 상태에서는 그것조차 불가능했다. 감옥에서 이미 비정함과 갑갑함을 몸소 느껴본 상태에서 절대로 돌아가고 싶지 않은 곳이었다.

법원에 도착해서 내 사건이 배정된 재판정에 들어가기까지, 친구와 지인들 그리고 아버지와 고모까지 많은 사람이 와서 함께 무죄가 나오기를 염원했다. 얼마 지나지 않아서 내 사건번호와 이름이 호명되었고, 나는 피고석으로 자리를 옮겼다. 그 사이에 고등법원에는 인사이동이 있었는지, 재판장을 제외한 배석판사가 바뀌어있었다. 나는 순간 깊은 곳에 애써 잠재웠던 불안감이 다시 깨어남을 느꼈다. 재판 과정을 직접 지켜보며 보석금 없이 보석을 결정해준 판사가 아니라, 남아있는 서류로만 내 상황을 접한 판사가 판결을 내리러 왔으니 그럴 수밖에 없었다. 재판장이 길고 긴 판결문을 읽는데, 그 시간이 억겁같이 길었다. 게다가 당시에 상당히 긴장해서 무슨 말을 하는지 귀에 잘 들어오지도 않았다.

"[…] 그러나 공소사실은 그 증명이 없다고 할 것임에도 이를 유죄로 인정한 원심의 판결에는 사실을 오인하거나 관련 법리를 오해하여 판결에 영향을 미친 잘못이 있다. 결론, 피고인의 사실오인 내지 법리 오해 주장은 이유 있으므로 양형 부당 주장에 관한 판단을 생략한 채 형사소송법 제364조 제6항에 의하여 원심의 판결을 파기하고, 변론을 거쳐 다시 다음과 같이 판결한다.

이 사건 공소사실의 요지를 위 제2의 가항 기재와 같은데, 위 각 공소사실은 위 제2의 다항에서 본 바와 같이 모두 범죄의 증명이 없는 경우에 해당하므로 형사소송법 제325조 후단에 의하여 무죄를 선고하고, 형법 제58조 후단에 의하여 무죄를 선고하고, 형법 제58조 제2항에 따라 이 판결의 요지를 공시

한다.

주문, 원심의 판결을 파기한다. 피고인은 무죄. 이
판결의 요지를 공시한다.”

판결이 끝나자마자 방청석에서는 박수가 나왔
다. 결국에는 무죄를 선고받은 나를 보며 아버지가
당신도 모르게 박수하신 것이다. 엄중하고 고요한
재판정에서 그런 행동은 허용되지 않았지만, 소중
한 가족이 억울한 누명에서 풀려났는데 어떻게 가
만히 있을 수가 있겠는가. 난 그런 아버지를 보면
서 소리도 내지 못하고 울었다. 그리고 그때, 속으
로 다짐했다.

‘아버지, 정말 죄송합니다. 못난 아들 때문에 말
년에 이 무슨 마음고생입니까. 앞으로 정말 잘하겠
습니다. 다들 악마 같은 죄를 지었다고 손가락질해
도 자식이라고 아무 말도 하지 않으시고 품어주신
사랑, 평생 가슴 깊이 새기겠습니다.’

무죄라는 말을 듣고 승소하면 마냥 후련하고 시
원할 것만 같았지만 꼭 그렇지만도 않았다. ‘피고

인은 무죄'라는 짧은 한마디를 듣기 위해서 포기하거나 잃어버린 게 너무나도 많았다. 평소에 사람을 좋아해서 낯선 이와도 아무 거리낌 없이 곧잘 대화하고는 했지만, 이제는 사람에 대한 불신이 가득해서 의심을 먼저 했다. '말 한마디 잘못했다고, 사소한 행동 하나 잘못했다고 고소당하는 건 아닐까?', '이 사람이 나한테 무슨 의도를 가지고 접근하는 거지?' 등등… 한번 피해의식이 생기면 걷잡을 수 없다는 것도 깨달았다.

가장 슬픈 건, 소송을 진행하는 과정에서 나에게 주어진 소중한 시간과 감정을 허비했다는 것이다. 경찰서 소환 때부터 항소심까지 나는 수도 없이 성범죄를 저질렀다는 시선과 싸워야만 했다. 범죄를 저지른 게 기정사실인 것처럼 대하는 사람들에게 계속해서 아니라고 해명해야 했고, 그나마도 나의 호소는 단 한 번도 통한 적이 없었다. 애초에 내 얘기를 조금이라도 들어줄 생각이 있었다면, 원고의 거짓말이 금방 드러났을 테고 항소심까지 오지도 않았을 테다. 억울하게 감옥살이를 하지 않았다면, 그동안 나는 더 생산적이고 행복한 일을 할 수 있었을 것이다. 마음이 맞는 사람들을 만나 고단한 하루를 술 한 잔으로 털어낸다든지, 광주에서 유명하다고 소문난 무등산을 등반한다든지, 아버지와 함께 다른 지역으로 여행도 떠날 수도 있었을 것이다.

송사라는 것은 단순히 돈이 많이 들고 감정이 소모되어서 힘든 것이 아니라, 그로 인해 나의 일상이 망가지기에 힘든 것이었다. 그리고 망가진 일상을 회복하기까지는 상당히 많은 시간이 들었다. 그로부터 4년이 지난 지금에야 조금씩 원래대로 돌아가고 있다는 생각이 든다. 찢어진 옷을 아무리 잘 수선해보아야 가까이서 보면 천을 기운 것이 태가 나듯이, 한 번 망가진 일상을 되돌리려고 해봐도 망가지기 이전처럼 완벽하게 돌아가기는 어렵기만 했다.

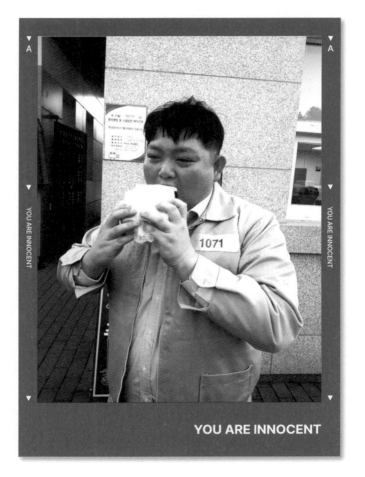

YOU ARE INNOCENT

되돌아온 상고

항소심에서 무죄를 선고받았다고 해서 정말로 끝난 것은 아니었다. 한국에서는 한 사건을 세 번까지 판결받을 수 있는 삼심제도가 있었다. 설마가 사람을 잡는다는 말이 있지 않던가. '항소심에서 원고가 거짓말했다는 것도 다 드러났고, 내가 제출한 확실한 증거만 몇 개인데 설마 뻔뻔하게 상고까지 가겠나.' 하고 속으로 생각했다. 그런데 그것이 정말 현실이 될 줄이야. 검사는 지금까지 제출된 증거는 어디까지나 정황 증거일 뿐 직접 증거는 없다고 주장했다. 그리고는 처음부터 강조했던 성인지 감수성을 앞세워서 감정에 호소하며 상고장을 접수했다. 물론, 대법원에서 판결이 뒤집히는 경우는 매우 드물다는 위로를 받았지만, 어쨌든 또다시 재판이 열리는 것이기에 상고이유서와 답변서 또한 중요하다고 했다.

이 당시 나는 형사재판과 원고로부터 걸려온 민사재판을 진행하느라 금전적으로 힘든 상황이었다. 첫 공판 때, 원고는 법정에 서서 돈은 필요 없고 진정성 있는 사과를 바란다고 했다. 그런데 내가 1심에서 실형을 받자마자 민사재판을 걸어 손해배상금 5천만 원[6]을 요구했다. 아직 항소와 상고가 남았는데도 오만하게 자기가 승소할 거라 확신한 모양이었다. 민사재판의 판결은 보통 형사재판과

---

6) 다친 손에 대한 치료비 명목으로 159만 2,070원, 향후 치료비 명목으로 426만 1,732원, 일실손해명목으로 414만 6,198원, 위자료 명목으로 4천만 원, 총 5천만 원이었다.

결을 같이 하기에, 형사재판에서 어떠한 판결을 받 았느냐에 따라서 결과가 달라졌다.

당시에는 형사재판이 생각지도 못하게 길어지면 서 민사재판까지 뒤로 밀렸고, 부담해야 하는 금액 은 나날이 불어갔다. 그러나 항소심을 변호한 로펌 에서는 상고장과 의견서를 작성해주는 데에 생각 보다 큰 금액을 불렀다. 당시 나는 항소심과 민사 모두에 해당 로펌 변호사를 기용했던 터라, 어느 정도 저렴한 비용으로 우대해주는 부분이 있으리 라 기대했다. 그러나 법률 쪽의 현실은 그렇지 않 았다. 물론, 그들도 먹고살아야 하고 이 모든 게 사 업의 일환이니 그랬을 것이리라 이해하는 수밖에 없었다.

그때 정말 감사하게도 먼저 손을 내밀어준 게 1 심 변호를 맡았던 수변호사님이다. 변호사님은 친 구 S를 통해 나의 사정을 듣고서 흔쾌히 재능기부 를 해주셨다. 돈을 받지 않았다고 해서 대충 변호 하는 법도 없었다. 내 일을 당신의 일처럼 안타까 워하시면서 항소이유서와 공판조서 등 많은 서류를 하나하나 꼼꼼히 살펴보셨다. 덕분에 상고는 기각되었고, 사건은 항소심에서 나의 "무죄"로 확정 판결이 났다. 난 그 소식을 듣자마자 유선을 통해 수변호사님께 그동안 고생 많으셨다고 감사의 인사를 드렸다. 변호사님은 되려 내가 많이 고생한 것 같다면서 앞으로 좋은 일만 있을 거라고 따뜻하게 위로해주셨다.

5장

반격의 서막

나는 무죄, 당신은 모해위증

　무죄를 선고받은 후 가장 먼저 생각한 것은 거짓
말로 한 사람의 인생을 무참히 짓밟은 행위를 좌시
할 수 없다는 것이었다. 무고하게 교도소까지 다녀
와야 했던 일을 생각하면 직접 나서서 처절하게 복
수라도 하고 싶었다. 그러나 그 마음이 A 씨가 나
에게 했던 행동과 다를 게 무엇인가 싶어서 그나마
도 생각을 접었다. 뻔뻔하고 교활한 그 사람과 같

은 부류의 인간이 되고 싶지는 않았다. 대신에 내가 받았던 고통을 그대로 되돌려주리라 다짐했다.

그 길로 항소심을 진행했던 로펌을 찾았다. 물론 비용적인 문제는 부담됐으나, 일 하나만큼은 정말 믿음직한 곳이라서 다시 찾을 수밖에 없었다. 그 정도로 난 이번 재판을 이겨서 정의가 살아있다는 것을 보여주고 싶었다. 다행히도 대화가 잘돼서 로펌에서는 합리적인 금액을 받고 고소장을 작성해주고 기타 서류 업무도 대신 보아주기로 했다. 변호사님이 어떤 소송을 원하는 거냐고 묻자마자 A 씨를 무고죄로 고소하고 싶다고 말했다. 그러나 아쉽게도 무고로는 승소하기 쉽지 않다고 했다. 변호사님은 A 씨가 이미 법정에서 허위 진술을 상당히 많이 했으니 차라리 모해위증[7]으로 소송을 거는 것이 어떻냐 제안했다. 모해위증 또한 10년 이하의 징역을 받을 수 있는 큰 죄였다.

---

7) 형사 사건 또는 징계 사건에 관하여 피고나 피의자 또는 징계 혐의자를 모해할 목적으로 법정에서 법률에 따라 선서한 증인이 허위 진술을 함으로써 성립하는 범죄(형법 152조 2항)

소장을 접수하고 얼마 지나지 않아 남부경찰서에서 조사가 필요하니 출석하라는 연락을 받았다. 피의자 신분으로 조사받으러 가는 것과 피해자 신분으로 조사받으러 가는 것, 이 사이에는 생각보다 크나큰 차이가 있었다. 우선 심적 부담감부터가 달랐다. 전에는 영문도 모른 채 성폭행에 연루된 범죄자 취급을 받았기에 잔뜩 위축될 수밖에 없었다. 그러나 무고하게 피해받은 사람으로서 출석하니 이전과는 다르게 조금 더 당당할 수 있었다. 아무래도 죄를 저지른 사람을 대하는 태도와 피해를 받은 사람을 대하는 태도는 다를 수밖에 없지 않던가. 그래서인지 취조를 맡은 형사님이 나를 대하는 태도도 그때와는 확연하게 다르다고 느꼈다.

확실히 이전과는 다르게 부담 없이 조사를 마치고 나와서 평소처럼 지내고 있던 어느 날이었다. 갑자기 알림이 몇 번 연달아 울려서 핸드폰을 보니, A 씨로부터 메시지가 도착해있었다. 그 안에는 차마 입에 담기도 싫을 정도로 상스러운 욕이 가득

했다. A 씨는 무고라니 어이가 없다면서 재혼해서 잘 살고 있는 사람한테 대체 왜 이러냐고 물었다. 거기서 끝나지 않고, 만약에 결혼생활에 지장이 간다면 나를 죽이겠다며 협박하기 시작했다. 남의 인생을 망쳐놓고, 재혼해서 잘 먹고 잘 살고 있었다니… 끝까지 자기밖에 모르는 이기적인 인간이었다. 나는 쓸데없이 이 말 저 말 할 것도 없다는 생각에 A 씨에게 짧게 답장했다.

「당신, 지금 모해위증죄 피의자야. 고소 취하하라고 메시지로 욕하고 협박한 것도 전부 증거로 제출할 수 있어.」

그러자 A 씨는 갑자기 미안하다고 사과하며 다시 한 번 말을 바꾸기 시작했다. 피해자로서 소장을 접수했던 경찰서에서 이번에는 피의자 신분으로 소환하니 천당과 지옥을 오가는 기분이었을 것이다. 시쳇말로 '내로남불'이라는 말이 있지 않던가. 본인이 소장을 접수했을 때는 이런 날이 올 줄은 까맣게도 몰랐을 것이다. 하루아침에 신세가 정반대로 뒤바뀌어 경찰서에 출석하는 심정이 어땠

을까?

그 모습을 상상하자면 조금은 통쾌했다.

여담이지만, A 씨와 대화를 끝내고 나서 바로 내 사건을 담당하는 형사에게 전화했다. 피의자가 메시지로 고소를 취하하라며 욕하고 협박했다고. 형사는 현재 피의자 신분으로 조사받는 중인데 피해자에게 연락한 거냐며 어이가 없다는 목소리로 답했다. 다급한 심정은 그렇다고 치자. 그러나 고소를 취하하기 위한 목적으로 욕설과 협박이 좋은 선택은 아니었다. A 씨가 피해자일 때 법정에서 말하지 않았던가. 돈은 필요 없으니 피고(나)가 정말 자기 죄를 진심으로 뉘우치고 사과했으면 좋겠다고. 나도 똑같았다. A 씨가 이제라도 자기가 벌인 잘못을 인정하고 용서를 빌었으면 이렇게까지 멀리 가지도 않았을 테다.

나는 이번 일을 통해서 사람이란 동물이 참으로 어리석고 자기밖에 모르는 종족이라는 것을 다시 한번 느꼈다. 물론, 나를 포함해서 말이다.

상처뿐인 싸움

아주 잠깐 있었던 소동 이후에 A 씨에게서는 그 어떤 연락도 오지 않았다. 한 달 정도 지났을 때쯤, 남부경찰서에서 사건 결과에 대한 통지가 왔을 뿐이다. 결론은 모해위증 기소 의견 송치, 무고 불송치였다. 변호사님과 의견을 나눌 때부터 무고를 입증하기 쉽지 않을 거라 예상했지만, 막상 직접 눈앞에 서면으로 결과를 마주하니 허무했다. 무고라는 것은 "확실히 아니다."라는 증거가 뒷받침되어야만 성립된다고 한다. 물론, 난 확실하게 하지 않은 행동이지만, 당시 사건 현장에는 나와 A 씨 이외에 증언해줄 다른 목격자가 없다는 것이다. 그렇다면 나는 여기서 다시 한번 의문을 가질 수밖에 없었다. 왜 A 씨가 성폭행으로 고소할 때는 증거가 없어도 소장이 접수된 것이고, 내가 무고로 고소할 때는 증거가 없다는 이유로 송치되지 않은 것인지. 다소 강하게 억울함을 호소했지만, 변호사님은 어쩔 수 없는 현실이라고 답했다. 클라이언트가 원하니까 법률 대리인으로서 의견서는 제출해보겠지만, 아마도 무고를 인정받기는 힘들 것 같다고.

결론부터 말하자면, 변호인단이 예상한 대로 모해위증만 기소되고 무고는 인정받지 못했다. 변호사님은 모해위증이 인정된 것만으로도 잘된 일이라고 말씀하셨다. 생각해보면, 성폭행범으로 몰려서 법정구속까지 당했던 사람이 차후에 진실을 밝히고 역으로 상대를 모해위증으로 고소하는 것 자체가 흔한 일은 아니었다. 하지만, 어떤 말도 그다지 큰 위로나 기쁨으로 다가오지는 않았다. 위에서도 얘기했듯, 이렇게 되기까지 난 이미 너무나도 많은 걸 잃어버린 상태였으니 말이다.

하지만 나를 모함한 A 씨를 피고인석에 앉힐 수 있다는 것만으로 만족할 수 있었다. 그 모습을 내 두 눈으로 직접 보고 싶어서 공판 날에 재판정을 찾아가기도 했다. 검사는 그날 A 씨에게 징역 1년을 구형했다. 보통 판사는 검사가 내린 구형보다 너그럽게 판결하는 경향이 있기에 불안한 마음이 들기도 했다. 그러나 최종 판결은 징역 1년 법정구속이었다. 내가 받았던 형량에 절반도 되지 않는 수준이긴 하지만 어쨌든 일은 마무리되었다.

판결문을 듣는 순간 좌절하고 절망에 빠진 A 씨의 표정을 보자 만감이 교차했다. 처음에는 그저 속 시원하게 두 다리 쭉 뻗고 잘 줄로만 알았으나, 생각보다 마음 한구석 어딘가에 찝찝함이나 불편함 같은 감정도 남아있었다. 어렸을 때 친구들과 놀다가 주먹다짐 한 번쯤 하지 않던가. 아마 다들 그때 경험해본 적이 있을 것이다. 상대에게 달려들어 주먹을 휘두를 때는 분노에 휩싸여서 때리는 내 손이 아픈 줄 모른다. 그러나 모든 게 끝나고 보면 상대가 다친 만큼 내 손에도 생채기가 남아있다. 지금이 꼭 그때만 같았다. 나와 A 씨 사이에는 그 무엇도 남지 않았고, 다만 서로를 다치게 하느라 자기 자신에게 입힌 상처만이 남아있을 뿐이었다.

모든 일은 결국
옳은 이치로 돌아간다

A 씨의 판결이 끝난 뒤, 법정구속 효력이 시작되고 법원에서 연락이 왔다. 피고인 쪽 변호사가 내 연락처를 알고 싶다고 하는데 전달해도 괜찮냐는 것이었다. 사실 이미 다 끝난 일에 더 말을 얹고 싶지 않아서 거절하고 싶은 마음이 굴뚝 같았다. A 씨는 어떻게 해서든 소송에서 지고 싶지 않았는지, 구속된 이후에 부장검사 출신 변호사를 새로 선임

했다. 그리고 이 시점에서 변호인이 나의 연락처를
궁금해한다는 것은 "합의"를 요구하기 위함인 게
분명했다. 나 또한 교도소 안에서 원고와 합의한
후, 보석 석방을 노리자는 변호사님의 조언을 들은
적이 있으니 알 만했다. 결국, 상대가 무슨 말을 할
지 뻔했으나 호기심을 이기지 못하고 연락처를 알
려줘도 된다고 허락하고 말았다. 대신에 A 씨나 그
의 가족, 지인에게는 절대로 공개하지 말고 오로지
변호인에게만 공개하는 조건이었다. 그리고 얼마
후에 한 통의 문자가 왔다.

「피고인 A의 변호인 송○○ 변호사입니다.

시간 되실 때 전화 부탁드립니다.

아래는 피고인 어머니의 서신입니다.

평안한 주말 되십시오.

송○○ 배상」

그리고 곧바로 문자로 사진 하나가 전송되었다. 그것은 A 씨의 어머니께서 자필로 쓴, 자신의 딸을 용서해달라는 편지였다. 몇 번을 읽어보았으나 착잡함에 한숨이 나올 뿐, 별다른 마음이 들지는 않았다. 그나마도 자기 처신 하나 올바르게 하지 못하는 어리석은 딸을 위해서 자존심이고 체면이고 다 내려놓아야 하는 어머니를 향한 안타까움이었다. 정작 사과해야 하는 주체는 A 씨인데 어머니가 대체 무슨 죄란 말인가. 사실 이 편지를 굳이 내게 보내는 이유는 뻔했다. 이 일과 상관없는 A 씨의 어머니를 내세워서 나를 감정적으로 흔들어보겠다는 것이었다. 하지만, 정작 죄를 짓고 잘못한 A 씨가 쏙 빠져있는 사과를 받을 수는 없었다.

며칠 뒤에 사건을 검색해보니 A 씨는 새로 선임한 부장검사 출신 변호사를 통해 항소이유서를 제출하였다. 또한, A 씨의 변호인은 지난번 문자에서 끝나지 않고 끊임없이 내게 연락을 취하며 합의를 종용했다. 나는 웬만한 일로는 합의해주지 않을 생각이었다. 당시에 A 씨로 인해서 정신적인 충격은 물론, 금전적인 피해까지 아주 컸다. 1심, 항소, 상고에 민사까지 변호사를 선임해야 했고, 교도소에 구속되면서 내 명의로 들었던 보험들이 실효되어 원금 손실이 상당했다. 게다가 교도소에 있는 동안 지내고 있던 아파트 월세와 관리비, 핸드폰 요금, 각종 세금 등을 고정비로 지출해야만 했다. 대충 어림잡아도 7천여만 원 정도가 될 것이다. 이 모든 금액을 충당하기 위해서 멀쩡히 잘 타고 다니던 승용차를 급히 헐값에 넘겨야 했고, 이외에도 현금화할 수 있는 자산을 다급하게 처분하느라 이만저만 손해가 아니었다. A 씨는 내게 합의하기 위한 구체적인 금액은 제시하지 않고 그저 사정이 안 좋으니 용서해달라는 말만 반복했다. 나는 합의금으로 얼마를 요구할지 구체적으로 얘기할 수 없을 정도로 막대한 손실을 봤다고 생각한다. 그리고 정말로 억울하다면 억만금을 준다고 해도 속에 진 응어리가 풀릴 수는 없었다.

　　나는 A 씨의 변호사에게 단호하게 말했다. 지금

까지 내가 소송으로 인해 손해 본 금액 이하로는 절대로 합의해줄 수 없다고. 그러자 그는 A 씨의 어머니가 현재 경제적으로 궁핍하고 안타까운 상황이라는 사실만 어필하며, 지금은 돈을 마련할 길이 없으니 조금만 기다려달라고 설득하려고 했다. 안타까운 사정이긴 했지만 나도 더 물러설 길은 없었다.

그로부터 얼마 지나지 않아서 항소심 선고일이 잡혔다는 소식을 들었다. 재판정에 들어가서 방청해보니 항소심은 "기각"되고 말았다. 당연한 결과였다. 아마 A 씨의 변호인은 어머니가 자필 편지로 피해자에게 사과했다는 사실과 가정 형편이 좋지 않아서 합의하기가 어렵다는 점을 어필해서 집행유예로 감형을 받아보려고 했던 것 같다. 그러나 재판부는 징역 1년이라는 실형도 죄질에 비해 가볍다고 판단한 모양이었다. 결국, A 씨는 상고를 포기했고 형은 그대로 확정되었다. 그녀는 어리석게도 피해자에서 고소인이 되기로 자처했고, 자기

가 뱉은 거짓말로 인해 고소인에서 피고인으로 전
락했으며, 결국 수용자로서 자신의 죗값을 치르게
되었다. 사필귀정(事必歸正)이라 했던가. 모든 것
은 반드시 옳게 되기 마련이었다.

끊임없는 법정 싸움

　A 씨와 연관된 형사재판은 끝이 났지만, 아직 민사재판이 남아있었다. 앞에서 이미 한번 설명했듯, A 씨는 내게 치료비와 정신적 피해보상금을 합하여 총 5천만 원을 요구했다. 민사재판 1심은 형사재판이 길어지면서 서로 소송비를 각자 부담하는 선에서 마무리하고 판결을 내지 못했다. 누가 승소했다고 말할 수 없이 허무하게 끝나버린 것이

다. 그러나 민사의 항소심은 달랐다. 이미 형사재판에서 A 씨의 허위진술로 인해 내가 피해받은 사실을 인정받았기에 훨씬 유리한 상황이었다. 게다가 A 씨가 냈던 상고장도 기각됐으니 추는 확실히 나에게 기울었다. 이 재판의 결과를 내기 위해서는 다시 한번 법률가의 힘을 빌려야 했다. 하지만, 이미 변호사 선임비로만 몇천만 원을 썼기에 이 이상은 나에게도 부담이었다. 그래서 주변에 로펌의 사무장으로 일하는 친구도 있겠다, 혼자서 소송을 준비해보기로 했다. 물론 전문가들이 나서는 이유가 있는 만큼 쉽지는 않았지만, 방법과 절차만 안다면 아예 못 할 것도 아니었다.

우선, 민사 원심에서 제출했던 자료를 다시 끌어와 짜깁기해서 청구 취지 등을 작성하고 전자 접수했다. 그 과정에서 내 사정을 잘 아는 K 누님(앞서 변호사 접견을 와주신 분)께서 도움을 많이 주셨다. 문서를 읽고 어느 부분에서 설득력을 주어야 할지, 어떻게 하면 더 논리적으로 설명할지 수정할 부분도 짚어주셨고, 전문가의 시선으로 많은 것에 도움을 주셨다. 내가 이렇게 지긋지긋한 돈과 씨름 하는 동안 A 씨의 사정은 다른 것 같았다. 모해위 증으로 항소까지 갔을 때는 궁핍하고 안타까운 상 황이라 합의금을 마련할 길이 없다고 했으면서, 민 사 항소심에 다시 한번 부장검사 출신 변호인을 선 임했다.

재판이 있던 날 시간에 맞춰 법정에 출석하니, 정면에는 판사들이 앉아있었고 옆 좌석에는 A 씨 가 선임한 변호인이 있었다. 나는 그 맞은편에 따 로 변호인 없이 혼자 앉아 재판을 진행했다.

판사는 A 씨가 선임한 변호사의 눈을 마주 보며 형사사건 판결로 인하여 피고의 손해가 입증된 상 황이니 화해권고결정[8]을 받아들이겠냐고 물어보

---

8) **민사소송법 제225조(결정에 의한 화해권고)** ① 법원·수명법 관 또는 수탁판사는 소송에 계속 중인 사건에 대하여 직권으로 당사자 의 이익, 그 밖의 모든 사정을 참작하여 청구의 취지에 어긋나지 아니 하는 범위 안에서 사건의 공평한 해결을 위한 화해권고결정(和解勸告 決定)을 할 수 있다.

았다. 쉽게 말하자면, 재판부에서 원고와 피고의 실익을 따져서 합당한 선에서 결정해주겠다는 말이었다. 물론, 결과를 받아들일 수 없다면 이의제기 등을 통해 다시 재판을 열 수 있긴 하나, 판결하는 주체가 화해권고를 결정한 재판부이기 때문에 결과가 크게 달라지리라고 생각하진 않았다.

기나긴 싸움에 지친 나는 제안을 받아들였고 A 씨의 변호인도 거절할 이유가 없었다. 그런데 A 씨의 변호인은 별안간 내가 나라에 청구해서 받을 형사보상금[9]도 피해보상금의 일부로 봐야 한다는 어이없는 주장을 펼쳤다. 억울하게 누명을 쓰고 잘못된 복역을 대가로 받은 돈은 A 씨와 전혀 상관없는

---

9) 형사사법 당국의 과오에 의하여 죄인의 누명을 쓰고 구속되었거나 형의 집행을 받은 자에 대하여 국가가 그 손해를 보상하여 주는 제도를 말한다. 이에 관하여 「형사보상 및 명예회복에 관한 법률」에서 규정하고 있는 바, 형사소송법에 의한 일반절차 또는 재심이나 비상상고절차에서 무죄재판을 받은 자가 미결구금을 당하였을 때에는 이 법에 의하여 국가에 대하여 그 구금에 관한 보상을 청구할 수 있도록 하고 있다[출처: 한국법제연구원 법령용어검색(https://www.klri.re.kr/)].

것이지 않은가. 그건 어디까지나 나라의 잘못이기에 나라에 청구한 피해보상금이었다.

재판이 끝나고, 나는 끝까지 뻔뻔한 A 씨 측 사람들을 한번 날카롭게 노려보고 자리를 떠났다. 그렇게 민사재판 항소심에서는 화해권고결정으로 A 씨가 나에게 3천만 원을 배상하라는 판결이 나왔다. 지금껏 내가 입은 금전적 피해에 비하면 터무니없는 금액이었지만, 이의제기할 생각도 하지 않았다. 이제는 법정 싸움이라면 넌덜머리가 날 정도로 지긋지긋했던 것도 있지만, A 씨가 그 돈을 바로 내게 배상하리라고 생각하지 않았기 때문이다. 민사라는 게 사실 피고가 원고에게 배상할 돈이 없거나, 돈이 없다고 잡아떼며 거짓말하거나, 재산을 은닉해버리면 받을 길이 없었다. 그저, 줄 때까지 채권처럼 간직하는 수밖에.

그러나 나는 약 6개월 가까이 억울한 옥살이를 했고, 끝내 무죄를 받아냈기에 형사보상금을 청구할 수 있었다. 형사보상금 또한 청구하는 절차가 쉬운 것은 아니라서 항소심을 맡아줬던 로펌에 문

의하니 그것 또한 비용을 내야 한다고 답변했다. 결국, 이번에도 주변의 도움을 받아서 혼자 접수해보기로 했다. 그 과정에서 로펌의 사무장으로 있는 친구 S의 경험과 응원이 커다란 도움으로 다가왔다. 지난번에 K 누님께 조언을 얻어서 청구 취지를 작성했던 경험을 살리니 처음보다는 훨씬 수월하다고 느꼈다.

접수를 마치고 사건번호를 받아보니 2020년 12월 자로 사건번호가 10개도 되지 않았다. 아마도 재판에서 무죄를 받고 형사보상금까지 청구하는 사례가 상당히 이례적인 모양이었다. 그리고 본인이 조금이라도 형사보상금 수령 조건에 맞는 것 같으면 찔러보기 식으로 접수하는 사람도 많은 것 같았다. 정말 억울한 일을 당해서 반드시 형사보상금을 받아야 하는 사람들에게 피해를 줄 수도 있으니 지양해야 한다고 본다.

글을 닫으며

4년간의 일기를 끝내며...

어느덧 악몽 같은 사건이 발생한 지도 4년이 지
났다. 책을 쓰기로 마음먹은 뒤로 그때의 일을 상
기하면서 느낀 거지만, 죽고 싶을 정도로 괴로웠어
도 이를 악물며 살아냈던 나에게 고생했다고 어깨
를 토닥여주고 싶다. 사실 책을 쓰면서도 수도 없
이 많은 고민과 걱정을 했다. 전문적으로 글을 쓰
는 사람도 아니고 표현도 서툴러서 내가 말하고 싶

었던 내용과는 다르게 의도가 곡해되면 어쩌나 싶었고, 억울하게 연루되었던 범죄가 절도도 사기도 아닌, "강간"이라는 파렴치한 죄목이었기에 더욱 망설여졌다.

다시 한번 말하지만, 나는 이 글로 여성과 남성의 입장을 양분하거나 논란을 만들고 싶지는 않다. A 씨가 거짓말을 하고 누군가를 모략한 것은 여성이어서 그랬던 것이 아니고, 그 사람의 성정이 그 정도밖에 되지 않았기 때문이다. 내가 모함을 당한 것도 남자라서가 아니라 하필이면 그 자리에 있던 것이 나여서 그랬을 뿐이다.

이 책은 억울했던 지난 4년간의 기록이자, 지극히 개인적인 나만의 이야기다. 그러나 그 과정에서 느낀 바는 '나'라는 '개인'에서 끝날 일이 아니었다. 그렇기에 세상에 알려서 억울함을 풀고, 혹시 나와 같은 일을 겪었거나 겪을 수도 있을 이들에게 경종을 울리고 싶었다. 성범죄는 한 사람의 인생을 송두리째 앗아가는 심각한 범죄이다. 당연하게 치러야 하는 수사와 재판이 피해자에게 2차 가해가 될 수도 있다. 중대한 범죄를 저질렀으면 마땅한 처벌과 형량을 받아야 하는 게 당연하다. 대신에 수사부터 재판까지 모든 과정이 신중하게, 철저하게, 엄정하게 이루어져야 한다고 본다.

1심에서 내린 재판부의 판결을 항소에서 바꾸기란 쉽지 않을 것이다. 그것은 곧 재판부의 실수를 인정하는 것이니 당연하다. 그러나 나는 항소에서 무죄를 선고받았다. 그리고 그 과정에서 1심을 판결했던 판사들이 얼마나 편협하고 확정적인 시선으로 이 사건을 바라보았는지 깨닫게 되었다. 물론 판사도 사람인지라 피해자와 가해자가 있다면 당연히 피해자의 이야기에 더 귀를 기울일 수밖에 없다. 그러나, 판사들이 매일 같이 기계적으로 작성하는 판결문의 무게가 어느 한 사람에게는 얼마나 무거울지 다시 한번 진지하게 고민해주기를 바란다. 범죄가 피해자들에게 일생을 앗아가는 무서운 존재이듯, 무고하게 범죄자로 몰린 사람은 판결문으로 인해 일상을 빼앗길 수 있으니 말이다.

다시는 나와 같은 무고한 피해자가 세상에 없기를 바라며, 글을 마치려고 한다. 강간범이라는 오명을 썼는데도 '이범석'이라는 사람이 절대 그럴 리가 없다고 끝까지 믿어주셨던 많은 분에게 다시 한번 고개 숙여 인사드리고 싶다. 그리고 그분들을 생각해서라도 앞으로 더욱 깨끗하고 선하게 살리라 다짐해본다. 앞으로도 수많은 어려움이 있겠지만, 언제나 그랬듯 성실하고 꾸준하게 해야 할 일을 하며 어렵사리 되찾은 평범한 일상을 지켜나가고자 한다.